마리
아사
비야

틴스토리빌 01

마리, 아사비야

초판 1쇄 발행 | 2014년 7월 15일
초판 3쇄 발행 | 2016년 10월 10일

지은이 | 박용기
펴낸이 | 도승철
펴낸곳 | 밝은미래

등　록 | 2005년 5월 2일 (제105-14-87935호)
주　소 | 경기도 파주시 회동길 455-2 밝은미래사옥 4층
전　화 | 031-955-9550~3
팩　스 | 031-955-9555
밝은미래 홈페이지 | http://www.bmirae.com

편　집 | 송재우, 고지숙, 백혜영　디자인 | 문고은
마케팅 | 박선정　경영지원 | 강정희

ⓒ 박용기·밝은미래, 2014 / KOMCA 승인 필

ISBN 978-89-6546-142-5　43810

*책값은 뒤표지에 있습니다.
*이 책 내용의 일부 또는 전부를 재사용하려면
　반드시 저작권자와 출판사 양측의 동의를 얻어야 합니다.

마리, 아사비야

박용기 지음

밝은미래

| 차례 |

마리를 만나다

오후 5시, 영우는 교문을 나섰다. 학교 앞 교차로에는 학생들이 삼삼오오 모여서 웃고 떠들고 있었다. 학원 차를 기다리는지 피곤한 얼굴로 먼발치를 바라보는 학생도 있었다. 개중에 몇 명은 학원에 빠지려고 친구를 꼬드기는 듯했다. 하지만 곧 있을 중간고사 때문인지 쉽게 넘어오지 않는 눈치다.

학생들은 차가 오거나 말거나 빨간불인 횡단보도를 그냥 건넜다. 영우는 잠시 머뭇거리며 서 있었다. 신호를 무시하고 건너는 학생들 가운데 한 친구가 영우의 눈에 들어왔다. 영우도 무리에 섞여 건널까 하는데 마침 신호가 바뀌었다.

교문 앞 큰길 양편에는 고층 아파트들이 즐비하지만 나무에 가려 잘 보이지 않는다. 인도에는 양버즘나무가 넓은 잎을 자랑하며 하늘을 가리고 있어 한낮에도 어둠이 드리워져 있다. 선선한 바람이 터널을 통과하듯 길 위를 휩쓸고 지나갔다.

영우는 걸으면서 앞을 내다보았다. 횡단보도를 건널 때 보았던 친구가 저만치 앞서 걸어가고 있었다. 저도 모르게 영우의 걸음이 빨라졌다. 그녀는 얼마 전에 전학을 왔다. 교실 문이 열리고 선생님을 뒤따라 들어온 한 소녀의 모습이 지금도 영우 눈에 선하다. 짧은 머리에 하얀 피부가 인상적이었다. 살짝 고개를 들어 교실 안을 휘둘러보던 눈빛이 섬광처럼 강렬했다. 이름은 장마리. 선생님이 자기소개를 시켰지만 그녀는 고개를 숙인 채 아무 말도 하지 않았다. 선생님도 쑥스러워 그러려니 하고 빈자리를 가리키면서 들여보냈다.

양버즘나무가 무성한 길이 끝나자 고가 철도가 가로지르는 큰길이 나왔다. 영우는 오른쪽으로 돌아 약간 언덕진 길을 올라갔다. 그녀가 20여 미터 앞에서 걸어가고 있었다. 같은 방향이라는 생각에 기분이 묘했다. 하지만 다가가서 말을 걸어 볼 생각 따위는 하지 않았다. 사실은 그럴 자신이 없었다.

그녀와의 거리가 4~5미터로 가까워졌다. 그녀는 귀에 하얀색 이어폰을 끼고 있었다. 그러고 보니 그녀의 귀에는 줄곧 이어폰이 꽂혀 있었다. 음악을 좋아하나 보다. 설마 영어 회화 따위를 듣고 있진 않겠지. 영우는 생각했다. 순간 영우는 학교에서 있었던 일이 생각나 얼굴이 확 달아올랐다.

3교시 수업이 끝나고 쉬는 시간이었다. 영우는 수업이 끝나자마자

화장실로 달려갔다가 돌아왔다. 책상에 엎드려 잠을 자는 학생, 뭔가 열심히 쓰는 학생, 여기저기 모여서 욕을 해대며 웃고 소리치는 학생 등, 교실 분위기는 평소와 다름없었다.

영우는 자기 자리가 있는 교실 가운데를 향해 좁은 책상 사이를 걸어갔다. 그 순간 발에 뭔가 걸렸고 앞으로 꼬꾸라졌다. 우당탕! 책상 두 개가 영우의 팔에 밀려서 앞으로 쓰러졌다. 학생들의 시선이 일제히 영우가 쓰러진 쪽으로 쏠렸다. 졸다 깬 친구들은 오만상을 찌푸렸다. 영우는 잠시 바닥에 널브러져 있다가 천천히 일어났다. 팔과 손바닥이 얼얼하게 아팠지만 참을 만했다.

아무도 영우에게 달려와 괜찮은지 물어보지 않았다. 그냥 그 자리에서 동작을 멈춘 채 영우의 행동을 지켜보고 있었다. 영우가 쓰러진 바로 옆 자리에는 종석이 앉아서 실룩실룩 웃고 있었다. 아이들이 다 가오지 않은 이유도 종석의 짓인 걸 알았기 때문이다. 전에도 이런 일은 자주 있었다. 종석은 교실에서 무법자 행세를 했다. 빠지지 않는 덩치에 어디서 뭘 배웠는지 주먹을 휘두르는 꼴이 꽤 그럴듯해서 아무도 대들지 못했다. 쓸데없는 시비를 걸어 트집을 잡고 그걸 빌미삼아 집요하게 상대를 괴롭히는 것이 주특기였다. 이번에는 영우가 재수 없게 녀석의 놀이에 걸려든 셈이었고 학생들의 침묵 또한 어쩔 수 없었다.

영우는 일어나서 바지를 툭툭 털었다. 주변을 돌아보지도 않았다.

괜히 눈길을 돌려 종석과 눈을 마주치고 싶지 않았다. 분명 눈이 마주치면 시비가 붙을 것이다. 왜 그런 눈으로 쳐다보느냐, 내가 뭘 어떻게 했느냐, 하면서 억지를 부려 괴롭힘의 빌미를 만들 게 뻔했다. 영우는 책상을 일으켜 세우고 자기 자리로 가려고 몸을 돌렸다. 그때였다.

"거기 서."

아이들의 시선이 일제히 소리가 난 쪽으로 돌아갔다. 마리였다. 마리는 종석을 똑바로 바라보며 날카롭게 소리쳤다.

"너, 사과해."

무슨 일이 벌어질지 자못 기대된다는 듯이 아이들의 시선에 호기심이 달라붙었다. 마리는 종석과 책상 하나를 사이에 두고 섰다. 영우는 엉거주춤 서서 이러지도 저러지도 못하고 있었다. 마리는 매서운 눈으로 종석을 노려보고 있었다.

"내가 어쨌는데?"

종석은 능글능글 웃으며 재미있다는 듯이 말했다.

"네가 발을 걸었잖아."

"증거 있어? 증거를 대 봐. 야, 내가 네 다리 걸었냐?"

종석은 어쩔 줄 모르고 서 있는 영우를 윽박지르듯 다그쳤다. 영우는 우물쭈물 말을 못했다.

"야, 넘어진 본인이 아니라고 하는데 웬 참견이야."

종석의 목소리가 커졌다. 다분히 위압적인 목소리였다.

"뭐, 이런 놈이 다 있어. 해 놓고도 안 했다고 하면 그만이야? 너 깡패냐? 조폭이야? 이유 없이 발을 왜 걸어? 남을 괴롭히는 게 그렇게 즐거워? 완전 변태 아냐?"

모두들 눈이 휘둥그레졌다. 도무지 믿을 수 없는 속사포가 종석에게 사정없이 쏟아졌다. 지금까지 누구도 종석을 건드리지 못했다. 마리는 종석이 누군지도 모르고 쏘아붙였을 것이다. 아이들은 과연 종석이 어떻게 나올지 마른 침을 삼키며 지켜보고 있었다.

종석의 얼굴이 시뻘겋게 달아오르고 인상이 험악하게 굳어 갔다. 그리고 종석이 자리를 박차고 일어났다. 이제 큰일이 벌어지겠다고 아이들이 잔뜩 긴장하는 찰나 종석은 책상을 뒤로 밀치더니 냅다 교실 밖으로 뛰어나갔다. 종석의 행동에 아이들은 아연한 표정을 지었다. 그 뒤 종석은 하루 종일 수업시간에 나타나지 않았다. 그의 가방은 그를 쫄쫄 따라다니는 녀석이 챙겨 갔다.

영우는 앞으로 종석이 어떻게 나올지 걱정이었다. 그 친구 성격에 쉽게 넘어가지 않을 테니 말이다. 영우는 아직도 마리를 이해하지 못했다. 그렇게 예쁜 얼굴에서 어떻게 그런 험악한 말이 쏟아져 나올 수 있을까.

그 사이 영우와 마리의 거리는 더 가까워졌다. 철도가 지나는 고가 아래의 4차선 도로에는 차들이 왱왱거리며 지나갔다. 오르막길이지만, 그렇게 급하지 않아서 숨이 찰 정도는 아니었다.

길옆에 벤치 몇 개와 사철나무가 봉긋하게 솟아 있는 조그만 공원이 있었다. 그 공원을 지나자 내리막길이 나왔다. 내리막길부터 편의점과 미용실, 부동산 등 가게들이 줄줄이 이어졌다. 공원을 지날 때보다 사람들도 훨씬 많아졌다. 내리막길이 끝나는 곳에 사거리 교차로가 나타났다. 거기까지 영우는 줄곧 앞서가는 마리를 의식하며 걸었다. 그런데 교차로 앞에서 마리가 갑자기 몸을 돌렸다. 순간 마리와 눈이 딱 마주쳤다. 어떻게 해야 하는지 몰라 어색함이 감돌았다. 마리가 먼저 말했다.

"왜 따라와?"

영우는 순간 뒤통수를 한 대 맞은 기분이었다. 왜 따라오냐니? 누가 누굴 따라왔다는 거지? 영우가 고개를 돌려 뒤를 돌아보았다. 마리를 주시하는 사람은 없었다. 다시 고개를 돌려 마리를 보았다. 마리는 여전히 샐쭉한 얼굴로 쏘아보았다. 얼떨결에 영우가 말했다.

"가, 같은 반. 이영우."

"그걸 몰라서 물어? 왜 따라온 거냐고 물었잖아."

"따, 따라온 거 아닌데."

"뭐야. 아까부터 따라왔잖아."

마리가 다시 몸을 홱 돌렸다. 영우는 어안이 벙벙해서 눈만 뻐끔거리고 있었다. 머릿속이 희뿌연 안개로 덮이더니 아무것도 떠오르지 않았다. 마리는 몇 걸음 옮겨 횡단보도 앞까지 가더니 갑자기 오른쪽으로 휙 돌아 들어갔다. 사거리 양쪽 모두에 꽤 높은 건물들이 모퉁이를 차지하고 있어서 마리의 모습은 순식간에 사라졌다.

영우는 갑자기 속이 꽉 막히는 기분이었다. 제대로 대꾸를 못한 게 억울했다. 하긴 본의 아니게 마리를 계속 따라간 모양새가 된 것은 사실이지만 일부러 그런 것은 아니었다. 어쩌면 같은 방향이라는 핑계로 속으로는 묘한 기분을 느끼며 따라간 것도 사실일 것이다. 어쨌거나 일방적으로 따라간 꼴이 되었고, 그것에 대해 아무런 해명도 못한 것이 언짢았다.

그런데 기가 막힌 것은 지금 오른쪽 길로 가야 한다는 것이었다. 집이 그쪽인 것을 어쩌랴. 영우는 갑자기 다리가 무거워지는 것을 느꼈다. 정말 순식간에 돌덩이를 양발에 찬 것 같은 느낌이었다. 모퉁이를 도는 순간 표독스런 눈길과 또 마주쳤다.

"계속 따라올 거야?"

쏘아보는 눈빛이 서늘하게 차가웠다.

"아, 아니, 난⋯⋯."

"좋아. 따라와."

"뭐?"

"따라오라고."

그러더니 그녀는 모퉁이 큰 건물 바로 옆에 붙어 있는 5층짜리 건물로 들어갔다. 영우는 황당하고 어이가 없어 헛웃음만 나왔다. 건물 안에서 마리의 날카로운 목소리가 터널을 빠져나오는 메아리처럼 들려왔다.

"뭐 해, 안 와?"

영우는 순간 뭐에 홀린 것 같은 느낌이었다. 예쁘다고 생각했던 마리의 얼굴이 마녀처럼 느껴지기 시작했다. 어쨌든 지금은 마리를 피할 수는 없을 것 같았다. 만약 달아난다면 끝까지 쫓아올 것 같은 불안감마저 들었다. 영우는 건물 안으로 걸음을 옮겼다. 마리는 벌써 계단을 다 올라가고 보이지도 않았다. 영우가 따라올 줄을 어떻게 그렇게 확신할 수 있을까.

2층에서 마리가 식당의 출입문을 밀면서 뒤를 돌아보고 있었다.

"여기야. 들어와."

출입문 유리에 빨간 글씨로 라오허라고 적힌 중국집이었다. 식당 안은 꽤 넓었다. 중앙에는 여러 개의 테이블이 놓여 있었고 한쪽 벽과 창가 쪽으로는 입구가 둥그런 방이 있었다.

점심과 저녁 시간 사이에 긴 애매한 때여서인지 손님이 하나도 없었다. 마리는 창가 쪽에 있는 방으로 갔다. 영우는 머뭇머뭇 마리가 앉아 있는 테이블로 가서 앉았다. 창밖에는 고가 철길의 방음벽이 보였다. 고개를 조금 내밀고 아래를 내려다보니 차도와 인도, 상가들이 눈에 들어왔다. 종업원이 와서 메뉴판을 내밀었다. 마리가 말했다.

"탕수육 하나랑, 이과두주 한 병 주세요."

"네."

종업원은 대답은 했으나 몸은 돌리지 못하고 잠시 주저하고 있었다. 교복을 보니 학생이 분명한데 술을 파는 것은 불법이기 때문이었다. 종업원이 고개를 돌려 카운터를 바라보았다. 카운터에 앉아 있는 주인 아저씨가 고개를 끄덕였다. 영우는 창피하기도 하고 걱정도 되고 해서 조마조마한 마음으로 앉아 있었다. 그러나 마리는 술 시키는 게 뭐 대수냐는 표정으로 느긋했다. 종업원이 메뉴판을 들고 돌아서는데 마리가 말했다.

"소스 뿌리지 말고 따로 가져오세요."

"네. 알겠습니다."

자기보다 한참 어린 손님이 아니꼽기도 할 텐데 종업원의 목소리는 정중했다. 영우는 여전히 마음이 놓이지 않았다. 더구나 술은 먹어 본 적도 없었다. 마리가 영우의 당황한 표정을 보고 말했다.

"왜 술 못 먹어?"

"아, 아니, 그런 건 아니지만."

엉겁결에 영우는 마음에 없는 말을 했다. 하지만 마리의 눈치도 젬병은 아니었다.

"상관없어. 너 주려고 시킨 건 아니야."

잠시 뒤, 노랗게 바싹 튀겨진 탕수육과 이과두주 한 병이 나왔다.

소주잔의 절반밖에 안 될 듯한 작은 잔이 마리와 영우 앞에 놓여졌다. 마리는 술병을 들고 능숙하게 뚜껑을 따더니 자신의 잔에다 술을 따랐다. 병을 든 채 영우를 바라보며 말했다.

"안 먹을 거지?"

"응? 그, 그게……."

마리는 병을 내려놓고 잔을 들어 단숨에 마셨다. 이마에 주름이 잡히는 듯했으나 이내 얼굴을 펴고 얼른 탕수육을 소스에 찍어 입에 넣었다.

"탕수육까지 못 먹는 건 아니지?"

마리는 빈 잔에 술을 따르며 말했다. 영우는 눈으로 마리의 행동을 따라가다 깜짝 놀란 듯 허둥지둥 젓가락을 탕수육 쪽으로 가져갔다.

"자, 용건을 말해. 왜 따라왔어?"

마리가 다시 한 잔을 마시고 손등으로 입 주위를 닦으며 말했다. 탕수육을 입에 넣다 말고 영우가 어물어물 말했다.

"따라온 거 아니야."

"남자가 변명은."

"같은 방향이었을 뿐이야."

영우의 생각이 이리저리 흔들렸다. 마리의 입에서 남자 운운하는 말이 나온 것은 기분이 나빴다. 하지만 그걸 굳이 변명하고 싶지는 않았다. 방향이 같은 것은 우연이었지만, 마음 한 구석에 계속 마리를 의식하며 따라간 것도 사실이지 않은가.

"같은 방향이었다고? 그럼 앞질러 가지 왜 졸졸 따라왔어?"

영우의 얼굴이 붉어졌다. 대답할 말이 궁색했다. 바늘방석에 앉은 것처럼 불편했다. 영우는 술병을 들었다. 자기 앞에 있는 잔에 술을 따랐다. 술이 왈칵 쏟아졌고 작은 잔은 금방 넘쳐 버렸다. 테이블에 술이 흘렀다. 마리가 핀잔을 주었다.

"너 처음이지?"

영우는 휴지를 뽑아 테이블에 넘친 술을 닦았다. 마리가 그런 영우의 행동을 보며 가소로운 표정을 지었다. 그게 영우의 기분을 더욱 엉망진창으로 만들었다. 영우는 술잔을 들었다. 알코올 냄새가 코끝으로 확 날아들었다. 영우는 눈을 질끈 감고 입안으로 술잔을 기울였다. 불길이 확 타오르는 듯한 느낌이 들었다. 자신도 모르게 기침이 나왔다.

"술은 어른한테 배워야지."

그러면서 마리는 다시 한 잔을 홀짝 마셨다. 영우는 오기가 생겨, 남은 술을 확 털어 넣었다. 뱃속 저 깊은 곳이 찌릿했다.

전동차가 지나가는지 덜커덕거리는 소리가 들렸다. 영우는 뜨거워진 얼굴로 창밖을 내다보았으나 방음벽에 가려 전동차는 보이지 않았다. 탕수육이 빠르게 줄어 갔다. 영우가 몇 잔을 마시자 술은 금방 바닥났다. 마리가 한 병을 더 시켰다.

"제법인데."

마리가 눈에 힘을 주며 영우를 응시했다. 영우는 그녀의 눈을 똑바로 쳐다보지 못했다. 이래저래 달아오른 얼굴이 후끈거렸다.

"좋아, 알코올 테스트를 통과했으니까, 뒤따라온 것은 용서하지."

마리가 잔을 들었다. 그리고 영우에게 잔을 들라고 시늉했다.

"자, 그럼 이제 친구 먹는 거다."

"……."

마리는 영우의 잔에 자신의 잔을 부딪쳤다.

두 번째 술병도 조금씩 비어 갔다. 잠시 조용해졌다. 영우는 기분이 멍해졌다. 눈앞에 보이는 것들이 아롱아롱 흔들렸다. 머리도 어지러웠다. 마리가 뭐라고 중얼거렸으나 귀에 잘 들어오지 않았다. 영우는 고개를 들었다. 마리는 창밖을 내다보고 있었다. 영우도 창 쪽으로 고개를 돌렸다. 날이 어두워지고 있었다. 상가들의 간판에 불이 들어오고 지나가는 사람들의 모습이 흐릿해졌다.

마리는 가방에서 노란색 포스트잇을 꺼내서 뭔가를 짧게 적었다. 영우가 쳐다보자 마리는 포스트잇을 접어서 주머니에 넣었다. 잠시 영우를 바라보던 마리가 느닷없이 물었다.

"넌 왜 살아?"

영우는 마리를 바라보았다. 장난삼아 묻는 것은 아닌 것 같았다. 정신이 몽롱했다. '어쩔 수 없이 사는 거지.' '그걸 어떻게 알아.' '되는 대로 사는 거지.' 영우의 머릿속에서 이런저런 생각이 뒤죽박죽으로 떠올랐다.

"앞으로 30년, 40년을 어떻게 더 살지?"

마리는 남은 술을 자신의 술잔에 따르며 말했다.

"어떻게 살다니, 죽지 않으면 사는 거지."

영우가 대꾸했다.

"왜 사는지도 모르면서?"

"이유를 알아야 사는 거야?"

영우는 멍청해진 눈을 껌벅거렸다.

"사는 게 본능이면 어쩌지."

마리는 술잔을 입으로 가져갔다. 영우는 마리를 똑바로 보려고 눈에 힘을 주었다. 머릿속이 안개로 꽉 채워진 느낌이었다. 갑자기 주변이 낯설게 느껴졌다. 영우는 머리를 흔들었다. 속이 좀 메슥거렸다.

"이유를 알면 오래 살 수 없을 거야."

"뭐? 왜 사는지 이유를 알면 다 살았다는 거야? 그럼 죽을 때까지 몰라야겠네?"

영우는 비아냥거렸다. 왜 그렇게 말했는지 자신도 몰랐다. 마리는 잠자코 있었다. 그때 영우의 눈에 마리의 귀에 꽂힌 이어폰이 들어왔다. 확 잡아 빼고 싶은 충동이 일었다. 그때였다. 언제 와 있었는지 아저씨 세 명이 둘의 테이블 앞에 서 있었다. 맨 앞에 키가 멀대 같이 커 보이는 비쩍 마른 사람이 이죽이죽 웃으며 말을 걸었다.

"이거 뭐야, 새파랗게 어린 애들이 술을 먹고 있네."

중국집의 첫 저녁 손님인 것 같았다. 아마도 교복을 입고 보란 듯이 술을 마시는 마리와 영우의 모습이 거슬린 모양이었다. 영우는 가슴이 철렁 내려앉았다. 술이 확 깨는 것 같았다.

"요즘 애들은 웬 고민이 그렇게 많은지, 아예 대놓고 담배를 피질 않나……."

짜증 섞인 목소리였다.

"어이, 학생들, 내가 인생 상담해 줄게. 그래, 고민이 뭐야?"

말라깽이 아저씨는 아예 영우 옆자리에 앉으려고 했다. 뒤에 있던 사람이 그의 팔을 잡아당겼다.

"상담할 기분 아니니까 그냥 가던 길이나 가세요."

마리의 대꾸였다.

"뭐야? 이런 조무래기들이, 말본새 봐."

말라깽이 아저씨가 눈을 희번덕거리며 뺨을 때리려고 손을 들었다. 역시 뒤에 있던 사람이 말렸다. 그때 주인 아저씨가 달려왔다.

"아이고 왜 이러세요. 얘네 우리 집 단골이에요. 얘들아 다 먹었으면 이제 일어나."

주인 아저씨가 살살거리며 손님들을 옆으로 밀쳤다. 그러나 말라깽이는 화를 삭이지 못하는 듯 소리를 질렀다.

"아저씨, 애들한테 술 팔면 안 되잖아요. 이러니까 애들이 사고나 치고 말썽 피우는 거예요."

"예예, 그렇죠."

"저, 사고 안 쳤거든요. 아저씨나 똑바로 하세요."

마리가 말라깽이를 쳐다보며 말했다. 조금도 무서워하는 기색이 없었다. 영우는 심장이 너무 쿵쾅거려 익은 과일처럼 뚝 떨어질 것 같았다. 이러다 경찰서로 끌려갈지도 모른다는 생각이 들었다.

"저 말대꾸하는 거 봐라. 싹이 노랗다, 노래."

말라깽이가 씩씩거렸다.

"너희들 왜 그래. 자, 빨리 나와."

주인 아저씨가 영우의 팔을 잡아끌었다. 영우가 끌려서 일어났다. 마리가 영우를 쏘아보며 말했다.

"아직 다 안 먹었어. 앉아."

"여자가 더 독하다니까. 가자, 가. 똥이 무서워서 피하나 더러워서 피하지."

말라깽이 뒤에 있던 사람이 말라깽이를 끌고 갔다. 말라깽이는 재수 옴 붙었다고 소리치면서 마지못해 끌려갔다. 주인 아저씨가 눈치를 주면서 카운터로 갔다.

"가자."

마리는 자리에서 일어났다. 마리는 말없이 음식 값을 계산하고 중국집을 나왔다. 영우는 다리가 후들거려 똑바로 서지도 못했다. 계단을 내려오는데 다리가 풀려 영우는 벽을 짚고 겨우 내려왔다. 머리가 지끈거렸다.

횡단보도 앞에서 멈춰 선 마리는 주머니를 뒤져 포스트잇을 영우에게 주었다. 그리고 아무 말도 하지 않고 신호가 바뀌자 빠른 걸음으로 걸어갔다. 영우는 멍하니 서서 마리의 뒷모습을 바라보았다. 마리는 한 번도 뒤돌아보지 않고 고가 철도 아랫길을 총총히 걸어갔다. 영우는 골목길을 올라가다가 마리가 준 종이를 펼쳐 보았다.

플라톤의 동굴에 갇힌 그림자 인간들
우리들은 모두 이데아의 복제판
복제의 복제들이 사는 세상
시뮬라크르…….

진짜 너는 어디에 있을까?

영우는 책상 앞에 앉아 컴퓨터를 켰다. 몇 시간 전의 일이 실제였는지 꿈속이었는지 오락가락했다. 머리가 뻐근하고 지근지근 아팠다. 중국집에서 그런 시비에 휘말린 게 믿기지가 않았다. 처음 있는 일이었다. 마리는 어떻게 아저씨에게 눈 하나 깜짝 않고 대들 수 있는지 알다가도 모를 일이었다.

잠시 인터넷을 검색하다가 마리가 준 종이가 생각나 시뮬라크르를 쳐 보았다. 프랑스어로 시늉, 흉내란 뜻이고, 가상, 거짓 그림이라는 뜻의 라틴어 시뮬라크룸에서 유래했다는 용어 해설이 나왔다. 원본의 성격을 찾을 수 없는 복제물을 가리키는 철학 용어이며, 사이버 공간에서의 아바타 같은 것들이 시뮬라크르의 표상이라는 설명이 덧붙었다.

화면을 스크롤하다가 영우는 시뮬라크르라는 사이트를 발견했다.

그 아래에 ICS라는 약자가 나오고 원래 단어가 괄호 속에 따라붙었다. Interactive Community Simulation. 영우는 커서를 갖다 놓고 클릭했다. 고대 그리스 철학자들이 광장에서 대화하는 장면이 그려진 그림이 화면의 전면을 채웠다. 그리고 다음과 같은 글이 깜박거리며 나타났다.

'브레인캡처를 쓰세요.'

영우는 화면의 다른 곳을 클릭해 봤지만 더 이상 페이지가 넘어가지 않았다. 브레인캡처가 없으면 사이트에 들어갈 수 없다는 얘기였다. 브레인캡처를 검색해 보았다. 브레인과 캡처에 대한 인용구들은 수두룩했지만 브레인캡처에 대한 검색 내용은 없었다. 좀 의아했으나 호기심이 일었다. 어쨌거나 브레인캡처가 있어야 시뮬라크르에 들어갈 수 있으니 마리에게 어디서 구할 수 있는지 물어보는 수밖에 없었다.

다음 날 종석은 거의 9시가 다 되어 나타났다. 영우는 교문을 들어서는 순간부터 종석이 어떻게 나올지 걱정이 되었다. 교실 문이 열릴 때마다 저도 모르게 그쪽으로 눈길이 갔다. 그런데 종석은 나타나지 않았다. 나중에는 차라리 오지 말았으면 했는데, 선생님이 들어오기 바로 직전에 교실 문이 열리고 종석이 들어섰다. 종석은 오만상을 찌푸린 채 고개를 숙이고는 곧장 자기 자리로 가서 앉았다. 학생들은 눈치를 살피며 종석을 바라보았지만 아무 일도 일어나지 않자 김빠진 숨소리를 뱉었다.

마리는 어제 있었던 일은 까맣게 잊은 듯 여전히 귀에 이어폰을 꽂은 채 자기 자리에서 책을 읽고 있었다. 종석이 교실 문을 열고 들어왔을 때도 고개를 들지 않았다. 그냥 이어폰을 꽂은 채 딴생각에 빠져 있었다.

1교시가 지나고 종석은 아무 일 없다는 듯 늘 어울리는 패들과 희희낙락 장난을 치고 웃고 떠들었다. 그러면서 가끔씩 영우나 마리가 앉아 있는 자리를 흘금흘금 쳐다보았다. 아주 짧은 순간이라 관심 있게 그를 보지 않으면 눈치 챌 수 없을 정도였다. 영우는 종석을 의식하지 않으려고 애를 썼지만, 어쩌다 종석과 눈이 마주치면 서늘한 기운을 느꼈다.

마리는 거의 하루 종일 귀에서 이어폰을 빼지 않았다. 그것은 수업 시간에도 마찬가지였다. 선생님들이 보지 못했는지 아니면 보고도 모른 척하는 건지 지적 당하는 일도 없었다. 하지만 결국 수학 시간에 사건이 일어났다. 수학 선생님은 마리의 휴대폰과 이어폰을 모두 압수했다.

사실 학교에서 마리는 거의 있는 듯 없는 듯했다. 아무도 마리에게 말을 붙이지 않았고 마리 또한 누구에게도 관심을 주지 않았다. 뒤에서 수군거리기만 할 뿐 마리에게 말을 거는 친구는 없었다.

마리는 선생님에게 곧장 저항하지는 않았지만 강제 압수에 불만이 잔뜩 섞인 표정이었다. 영우는 귀에 이어폰이 없는 마리의 모습이 약간 낯설게 느껴졌다. 처음부터 이어폰을 꽂은 모습만 보았으니 그럴 만도 했다.

마리의 모습이 좀 이상해졌다. 압수된 이어폰과 휴대폰은 선생님 책상 위 초록색 플라스틱 바구니에 놓여 있었다. 마리는 그것에서 눈을 떼지 못했다. 이어폰을 꽂고 다른 것에 관심을 쏟고 있을 때와 달리 지금은 온통 이어폰에만 신경을 쏟고 있었다. 모아 쥔 두 손이 조금씩 떨렸다. 뭔가 불안하고 초조한 기색이 역력했다.

그때 교실 밖에 누군가 찾아와 문을 두드렸다. 선생님은 뭔가를 잊었는지 아차 하면서 밖으로 나갔다. 그 순간 마리가 자리에서 벌떡 일어나더니 교탁으로 가서 휴대폰과 이어폰을 들고 왔다. 마리는 곧바로 이어폰을 귀에 꽂았다. 그 짧은 순간 마리의 행동은 학생들을 놀라게 했다. 수업 시간에 압수 당한 물건을 허락도 없이 무단으로 가져간다는 것은 있을 수 없는 일이었다. 마리의 표정이 평소 모습대로 돌아왔다.

선생님이 돌아왔다. 이어폰이 바구니에 없고 주인에게 돌아갔다는 것을 거의 동시에 확인했다.

"장마리, 휴대폰 가지고 나와."

선생님이 감정을 억누르며 말했다.

마리는 자리에서 일어나지 않았다. 듣지 못했을지도 모른다. 영우는 불안했다. 수학 선생님은 악명이 높기로 소문난 선생님이었다. 얼굴에 늘 수염이 덥수룩해서 사스콰치라는 별명을 가지고 있었다. 사실 사스콰치라는 별명이 붙은 건 수염 때문만은 아니었다. 그 이미지 그대로 야만적이고 폭력적이었다. 이제는 학생들에게 함부로 체벌할 수 없지만 예전에는 하루에 걸레 자루를 수십 개나 부러뜨렸다고 자랑처럼 말하곤 했다. 지금은 몽둥이를 휘두르는 대신 학생들에게 가혹한 말을 내뱉었다. 때로는 그것이 주먹보다 더 큰 상처를 남기기도 했다.

"공부를 못하면 인생의 낙오자가 되는 거다. 사람 대접 받으려면 공부해라. 세상은 약육강식의 전쟁터다. 경쟁에서 이기지 못하면 루저가 되는 거야. 눈에 훤히 보인다, 어떤 놈은 대학가고 어떤 놈은 길거리에서 깡패 짓이나 할지……."

학생들 대하는 모습도 공부를 잘하는가 못하는가에 따라 차별이 심했다. 못하는 학생에게는 살아서 뭐하느냐는 둥, 인격모독 일쑤고, 잘하는 학생은 온통 칭찬 일색이었다. 그래서 학생들 사이에도 선생님에 대한 호불호가 극과 극이었다.

판검사 아니면 세상에 다른 직업은 없는 것처럼 말끝마다 판검사를 달고 다녔다. 그때마다 영우는 자신의 존재가 한없이 작아지는 것을 느꼈다. 때로는 선생님이 너무 진지해서 감동을 받기도 했다. 그래서 살아남기 위해서 열심히 공부해야지 하다가도 돌아서면 허무하고 무력해졌다.

"그놈의 학생인권조례인가 뭔지는 누가 만들었는지, 다 빨갱이 새끼들이⋯⋯."

지금도 선생님은 폭력을 마음대로 휘두르던 그 시절을 그리워한다. 폭력이란 꼭 신체에 고통을 가하는 것만은 아닐 텐데 말이다. 언어 폭력은 뇌세포를 파괴하는 폭력이다.

학생들의 탄원도 있었다. 교장 선생님도 모르지 않을 것이다. 하지만 수학 선생님이 태도를 바꾼 적은 없었다. 수학 선생님은 큰 덩치에 태권도가 4단에다 권투까지 경력이 화려하다. 그래서 학생부를 맡아 아이들을 단속하고 통제하는 데 핵심적인 역할을 하고 있었다. 모두가 무서워하는 선생이 하나 정도는 있어야 학교가 돌아간다는 암묵적인 동의가 그의 독선을 묵인해 주는지도 몰랐다.

마리가 그런 선생님의 표적이 된 것이다.

"장마리, 내 말 안 들려!"

선생님의 성마른 고함소리가 교실을 쩌렁쩌렁 울렸다.

마리가 고개를 들었다. 그제야 선생님이 자기를 노려보고 있다는 것을 알았다. 마리가 천천히 자리에서 일어났다. 선생님은 더는 참지 못하고 성큼성큼 마리에게로 다가갔다. 아이들은 조마조마한 눈빛으로 지켜보고 있었다. 이 맛에 학교에 온다는 듯 야릇한 표정을 짓는 학생도 있었다. 영우의 가슴이 마구 뛰었다.

선생님이 다가왔을 때 마리는 이어폰을 빼려고 했다. 그러나 선생님은 그 순간을 참지 못하고 귀에 꽂힌 이어폰을 강제로 잡아당겼다. 선생님을 올려다보는 마리의 눈이 커졌다. 엉거주춤 서 있는 마리의 손에 휴대폰이 들려 있었다. 선생님이 이어폰 줄을 거세게 잡아당겼고, 줄에 걸린 휴대폰이 마리의 손에서 빠져나오려고 했다. 마리는 휴대폰을 놓치지 않으려고 손을 앞으로 뻗었다. 그 순간 선생님이 마리의 손을 쳤는지, 아니면 마리가 선생님의 손을 뿌리쳤는지 알 수 없는 손동작이 두 사람 사이에 일어났다. 그리고 다음 순간 휴대폰이 바닥에 내동댕이쳐졌고, 단단한 바닥에 둔탁하게 부딪혀 박살나는 소리가 교실을 울렸다. 그리고 짧은 정적.

선생님이 교단 쪽으로 걸어갔다. 마리는 쭈그리고 앉아 바닥에 나뒹굴고 있는 부서진 휴대폰 조각들을 주웠다. 교단에서 선생님은 핏발 선 눈으로 아이들을 훑어보았다.

"장마리, 수업 끝나고 교무실로 와."

선생님은 화를 삭이지 못하고 먹이를 놓친 사자처럼 씩씩거렸다. 겨우 휴대폰 정도를 부숴 놓은 것이 아쉽다는 표정이었다. 솥뚜껑 같은 손으로 뺨을 한 번 후려갈기고 질질 짜는 녀석의 등짝을 도끼처럼 내리찍어야 직성이 풀리는 건데, 말로 하자니 분통이 터져서 아예 입을 꾹 다물고 있었다. 남은 시간은 자습이었다.

수업이 끝나고 마리는 교무실에 다녀왔다. 교무실에서 무슨 일이 있었는지는 알 수 없었다. 마리는 여전히 이어폰을 끼고 있었고 표정은 변함이 없었다. 놀랍게도 다음 수업 시간에도 마리는 계속 이어폰을 끼고 있었고 선생님들은 아는지 모르는지 그런 마리를 그대로 두었다.

영우는 마리가 어떻게 전학을 왔는지 궁금해졌다. 그 전까지는 그런 생각을 하지 않았다. 이사 때문에 왔을 수도 있었다. 하지만 다른 학교에서 강제 전학을 시켰다면 뭔가 사고를 쳤다는 얘기다. 궁금증이 꼬리를 물었다.

담임 선생님도 수학 시간에 있었던 사건을 알고 있었을 것이다. 하지만 종례 시간에 담임 선생님은 특별한 말이 없었다. 다만 마리에게 교실 청소를 시켰을 뿐이었다. 그러나 마리는 선생님이 교실을 떠나자 가방을 챙겨 아무 일 없었다는 듯이 교실을 나갔다. 몇몇 아이들이 혀를 차며 고개를 절레절레 흔들었다.

영우는 종석의 따가운 시선을 느꼈지만 최대한 모른 척 침착하게 가방을 챙겨 교실을 빠져나왔다. 교문을 나왔을 때 횡단보도는 마침 파란불이었고, 영우는 뛰어서 길을 건넜다. 아파트 단지 앞 양버즘나무 길을 빠져나오자, 저 앞에 마리가 걸어가고 있었다. 영우는 조금 서둘러 걸었다. 고가 철도 아래 오르막길에서 마리를 따라잡았다.

마리가 고개를 돌렸고, 영우를 알아보고는 살짝 미소를 지었다. 영우는 가슴을 쓸어내렸다. 혹시 마리가 자기를 차갑게 대하지 않을까 내심 걱정했던 것이다. 마리는 귀에 꽂은 이어폰을 빼서 영우에게 건넸다.

"들어 볼래? 다행히 망가지진 않았어. 무식한 인간, 언젠가는 본때를 보여 줄 거야."

그 순간 마리의 눈이 표독스럽게 빛났다. 영우는 가슴이 뜨끔했다. 엉겁결에 이어폰을 건네받았다. 붙들고 가만있을 수도 없어서 영우는 자신의 귀에 꽂았다.

도대체 만날 무엇을 듣고 있을까 궁금하기도 했다. 어둡고 음산한 사운드가 흘러나왔다. 일렉트릭 기타 소리가 가늘고 애절하게 울리다가 몽환적인 신시사이저 소리가 출렁이는 물결처럼 흐느적흐느적 흘러나왔다. 무슨 음악인지는 알 수 없었다. 한 번도 들은 적이 없었다. 하지만 영우의 머릿속에는 어떤 이미지가 떠올랐다. 노란빛 모래와 붉은빛 하늘이 선명하게 대조를 이루는 황량하기 그지없는 사막, 그 한복판에 자신이 서 있는 듯했다. 어느 순간 하늘은 검은색으로 물들고 세상은 어둠 속으로 잠겨 들었다.

"음악이 왜 이래."

영우는 이어폰을 빼서 마리에게 돌려주면서 불만을 터뜨렸다.

마리가 살짝 웃었다.

"왜, 어땠어?"

둘의 눈이 마주쳤다. 영우는 얼른 고개를 돌렸다.

공원을 지나 내리막길로 접어들었다. 그때 마리가 오른쪽 귀의 이어폰을 빼고 말했다.

"수학 선생님은 어떤 분이야?"

"응?"

영우는 진작에 말해 줄 걸 그랬다고 생각하면서 사스콰치가 어떤 식으로 학생들을 괴롭혔는지 얘기했다. 마리의 표정이 점점 딱딱하게 굳어 갔다. 이야기를 다 듣고 난 마리가 말했다.

"라오허에 갈까?"

"라오허?"

"중국집 말이야. 해장해야지."

"해장?"

영우는 웃음이 나오려는 것을 참았다. 해장은 무슨, 우리가 술꾼이냐, 하려다가 참았다. 하지만 마리는 의외로 진지하게 말했다.

"너 해장도 모르는구나. 술은 술로 푸는 거야. 세상이 다 그래. 원수는 원수로 갚는 거고."

"원수를 갚아?"

"왜? '복수는 나의 것'이란 말도 있잖아."

"그건 영화 제목 같은데."

"너는 네가 살고 있는 이 세상이 진짜라고 생각해?"

"뭐? 그게 무슨 말이야?"

"네 생각과 네 행동이 진짜 네가 한 게 아니라면, 진짜 너는 어디에 있을까?"

"뭔 소리야?"

"나는 사람들의 마음을 들여다볼 때마다 그런 생각이 들어. 저것이 저 사람의 본심일까. 저 사람 안에 다른 사람이 들어가 있는 것은 아닐까. 사람들은 가끔 엉뚱한 짓을 하잖아? 수학 선생님의 본심은 뭘까. 거기에 진짜 수학 선생님이 들어 있는 걸까. 누군가 다른 사람이 들어가 있는 것은 아닐까."

영우는 머리가 띵해지는 기분이었다. 지금 눈앞에 있는 마리가 이어폰을 건네고 살짝 웃어 주던 그 마리가 맞나 싶었다. 가슴속에 찬 바람이 확 스치고 지나갔다.

영우가 물었다.

"브레인캡처가 뭐야?"

마리는 금방 대답하지 않았다.

"시뮬라크르는 도대체 뭐야?"

내친김에 그것까지 물었다.

마리가 걸음을 멈추고 영우를 돌아보았다.

"말 그대로 복제의 복제들이 사는 세상."

"그게 무슨 말인지 이해가 안 가."

"넌 우리가 살고 있는 이 세상이 진짜 같아?"

"진짜가 아니면 내 앞에 있는 너도 가짜야?"

영우가 되받아쳤다.

"가짜일 수도 있지. 우리 모두는 아바타인지도 몰라."

"그럼 지금 우리가 〈매트릭스〉 영화 속에 있는 거야?"

영우가 비아냥거렸다.

"그럴지도……. 안타까운 건 네오 같은 인물이 없다는 거지."

"농담 그만 하고, 브레인캡처가 뭔데?"

영우는 빨리 말을 끝내고 싶었다.

"왜 촌스럽게 여기서만 파는지 몰라."

마리는 가방에서 포스트잇을 꺼내 빠르게 뭔가를 써서 영우에게 건넸다. 영우가 들여다보며 말했다.

"여기가 브레인캡처 파는 곳이야?"

마리는 살짝 고개를 끄덕였다. 영우는 종이를 접어 바지 주머니에 넣었다.

"나 술 잘 못 먹어."

영우가 말했다. 영우는 마리가 싫지 않았다. 처음 본 순간부터 그 랬다. 종잡을 수 없는 마리를 보며 영우 자신도 이상해지는 느낌이었 지만, 어쩐지 같이 있고 싶었다. 그래도 그 중국집은 싫었다. 마리랑 싸우던 사람들이 떠올랐다. 심장의 모든 근육이 긴장으로 딱딱해지 는 것 같았다.

고가 철도 아래 사거리에서 마리가 말했다.

"내일 시간 있어?"

"무슨 시간?"

"시간 되면 1시에 종각 앞에서 보자."

"그래, 내일 토요일이지? 알았어."

마리는 횡단보도 앞에서 신호를 기다렸다. 영우는 머뭇거리다 어색하게 돌아서 골목길을 올라갔다. 마리와 헤어지는 것이 좀 아쉬웠다. 그냥 분식집이나 가자고 할걸 그랬나 싶었다. 마리가 자신을 쳐다보던 눈이 자꾸만 떠올랐다. 영우는 뒤돌아보지 않고 골목길을 뛰어서 올라갔다. 그때 영우는 마리가 자신의 뒷모습을 보고 있으리라고는 상상도 하지 못했다.

복제의 복제들이 사는 세상

토요일 11시, 영우는 브레인캡처를 구하기 위해 어제 마리가 준 종이를 가지고 집을 나섰다. 마리와의 약속보다 좀 일찍 나가서 브레인캡처를 사고 나서 마리를 만날 생각이었다. 다행히 브레인캡처를 파는 곳은 종로5가 근처였다. 거기서 종각까지는 그리 멀지 않으니 걸어가면 될 터였다.

영우는 지하철에서 나와 보석상들이 밀집해 있는 골목길로 들어갔다. 대낮인데도 상가 안은 조명 빛으로 환하게 밝았다. 손님은 없고 주인이나 종업원인 듯한 사람들이 팔짱을 끼고 서서 창밖을 내다보고 있었다. 좁은 골목은 구불구불 이어져 있었고, 작고 낮은 간판들이 머리에 닿을 듯 스쳐 지나갔다.

종이에는 보석 가게들을 지나면 세 갈래 길이 있는데 왼쪽으로 꺾으면 전자제품 부속 상가들이 있을 거라고 했다. 영우는 왼쪽으로 꺾었다. 보석 상가들은 밝고 화려했는데, 부속 상가들은 우중충하고 어두웠다. 가게 안에는 서랍장이나 문이 있는 장들만 보였고, 크기도 대체로 작았다. 골목은 더욱 좁아 한 사람이 겨우 걸을 정도였다.

부속 상가들이 끝나는 곳에 B라는 간판이 붙은 가게일 거라고 했는데 이상하게 한참을 걸어도 골목은 끝나지 않았다. 영우는 자신이 걸어온 길을 더듬어 보니 어디서 어떻게 왔는지 생각나지 않았다. 미로 같은 골목을 끝없이 걸어온 느낌이었다. 갑자기 돌아나가는 것이 두렵게 느껴졌다. 영우는 걸음을 멈추었다. 뭔가 잘못된 게 아닌가 하는 생각이 들었다. 그때 영우 눈에 B라는 간판이 들어왔다. 바로 눈앞에 있었다. 영우는 정신이 얼떨떨했다. 제대로 찾은 건지 확신이 서지 않았다. 조심스럽게 문을 밀고 들어갔다. 땡그랑, 땡땡. 갈색의 조그만 종이 문 끝에 매달려 소리를 냈다.

가게 안을 빽빽하게 채우고 있는 서랍장들. 긴 테이블에는 각종 보드와 칩들이 플라스틱 통에 차곡차곡 채워져 있었다. 벽에는 공구나 케이블 같은 것들이 걸려 있었다. 쾨쾨하고 칙칙한 오래된 금속붙이 냄새가 났다. 영우는 조금 긴장감이 몰려왔다. 분위기가 낯설었다. 고개를 돌려 바깥을 내다보며 나갈까 생각했다.

"뭘 찾소?"

탁하고 걸걸한 목소리가 영우 뒤에서 들렸다. 영우는 얼른 몸을 돌렸다. 반백의 머리카락에 눈은 작지만 날카롭게 빛나는 작달막한 노인이 영우를 쏘아보고 있었다.

"브, 브레인캡처를 사러 왔어요."

영우는 노인의 표정이 꼭 저승사자 같아서 온몸이 딱딱하게 굳었다. 노인의 작은 입이 실룩거렸다. 얼굴의 다른 부분은 아무런 변화가 없었다. 눈은 여전히 영우를 노려보고 있었다.

"그건 아직 정식 제품이 아닌데."

노인이 말했다.

"네?"

"아직 임상 테스트가 끝나지 않았다고."

노인은 고개를 돌려 캐비닛 뒤쪽을 바라보았다. 그곳은 빛이 없어 어두컴컴했다.

"그게 없으면 시뮬라크르에 들어갈 수 없어요."

노인이 고개를 돌리며 말했다.

"그건 보통 에이치엠디(HMD)가 아니야. 뇌에 이상이 생길 수도 있어."

"……."

"지금까지 나온 건 프로토 타입뿐이야."

"프로토 타입?"

"시제품이라고. 사용자의 안전을 장담할 수 없어. 그래도 살 거냐?"

"……."

영우는 멋쩍은 얼굴로 노인을 바라보았다. 노인은 처음보다는 부드러워졌으나 여전히 퉁명스러웠다. 영우는 안전을 장담할 수 없다는 노인의 말에 조금 망설였다. 하지만 마리가 알려 준 시뮬라크르를 확인하려면 그것이 있어야 한다는 생각이 들자 묘하게 오기가 생겼다.

"주세요."

영우가 말했다. 노인이 묘한 눈빛으로 영우를 쳐다보더니 종이 한 장을 내밀었다.

"여기에 이름하고 주소, 전화번호 쓰고 사인해라."

사용 중에 발생하는 모든 신체상의 문제에 대해 본인이 책임진다는 각서였다. 영우는 조금 불안했지만 사인을 했다.

노인이 종이를 잠깐 확인하고는 벽 끝에 있는 캐비닛으로 가서 작은 상자 하나를 꺼내 왔다.

"장시간 사용은 금물이다. 나중에 이상 증세가 일어날 수도 있어."

노인은 겁을 주는 건지 진짜 걱정을 하는 건지 알 수 없는 말로 영우의 불안을 자극하며 상자를 건넸다. 상자는 짙은 검은색에 크기는 필통보다 조금 더 컸다. 영우가 돈을 내밀자 노인은 말없이 받아 들고는 돌아서서 캐비닛 뒤쪽으로 사라졌다.

골목을 나오는 길은 생각보다 단순하고 쉬웠다. 들어갈 때는 왜 그렇게 복잡하고 길게 느껴졌는지 영우는 알다가도 모르겠다는 생각이 들었다.

종로5가 큰길을 따라 영우는 마리와 약속한 종각 쪽으로 걷기 시작했다. 청계천과 동대문 쪽으로 가는 사람들은 어느 정도 있었지만 종로통으로 들어가는 사람은 그리 많지 않았다. 차들은 종로통의 넓은 길을 꽉 채우고 빽빽거리고 있었다.

종로3가를 지나면서 사람들이 조금씩 불어나기 시작했다. 길 건너편에 탑골 공원이 보일 때쯤에는 피해서 걷지 않으면 제대로 걸을 수 없을 만큼 사람이 많아졌다. 영우는 시계를 보았다. 1시가 거의 다 되어 가고 있었다. 배 속이 꼬르륵거렸다. 곧 마리와 만나서 분식집에 가든 마리가 좋아하는 중국집을 가든 점심을 해결해야겠다고 생각했다. 탑골 공원이 있는 사거리를 건너자 차들도 꼼짝을 못하고 사람들도 너무 많아 걸음을 옮길 수 없었다. 영우는 자주 시내에 나오지는 않지만 토요일 오후에 이렇게 사람이 많은 줄은 몰랐다.

마리와 만나기로 한 종각이 멀리 보였다. 그 아래로 무수한 사람들의 머리가 올망졸망 진동하는 것을 보자니 커다란 장벽이 가로막고 있는 것처럼 느껴졌다. 실제로 그것은 장벽이었다. 사람들 틈을 비집고 앞으로 나아가기 어려웠다. 약속 시간은 이미 지났다. 영우는 약간 초조했다. 마리가 거기서 자기를 기다리고 있다고 생각하니 마음이 급했다.

그때 영우는 이상한 것을 발견했다. 영우 주변에 있는 사람들의 손에 뭔가 하나씩 들려 있었다. A4용지 크기의 노란 종이였다. 그들은 그것을 머리 위로 들어 올렸다. 그리고 동시에 합창하는 소리가 들렸다. 처음에는 차 소리와 사람들의 잡다한 소리 때문에 무슨 소린지 들리지 않았다. 사람들은 차도까지 떠밀리기 시작했고 차들의 경적 소리는 더욱 혼란을 부추겼다. 사람들이 들고 있는 피켓이 영우의 눈에 들어왔다.

"유전자 변형 제품의 판매를 중단하라!"

"합성생명 연구를 중단하라!"

"미국처럼 에너지를 쓰면 지구 다섯 개가 필요하다!"

"지구 온난화는 부자 나라가 만들고 피해는 가난한 나라에게 돌아간다!"

"네트워크 감시를 중단하라!"

이것 외에도 많았다. 빨갛고 파란 글씨의 물결이 겹겹이 층을 이루고 있었다. 사이사이에 핏방울이 뚝뚝 떨어지는 섬뜩한 그림과 방사능 경고문과 같은 해골 그림이 보였다. 영우는 그제서야 사람들이 합창으로 외치는 소리가 종이에 쓰인 문구라는 것을 알았다. 합창할 때마다 사람들은 노란 종이를 아래위로 흔들었다. 종이의 물결이 길을 덮었다.

차도를 절반쯤 차지하고 인도를 가득 메운 사람들이 광화문 쪽으로 움직이기 시작했다. 영우는 마치 바람에 쓰러지는 갈대처럼 사람들의 물결에 따라 휩쓸렸다. 도저히 물결을 거슬러 빠져나갈 수가 없었다.

영우는 이게 말로만 듣던 시위라는 생각이 들자 갑자기 가슴이 떨렸다. 텔레비전에서 물대포도 쏘고 최루탄도 쏘고 사람들이 강제로 끌려가고 하는 시위 현장을 본 적이 있었다. 그렇다면 지금 이곳에서도 그런 일이 벌어질 수 있었다. 긴장과 두려움이 몰려왔다.

거대한 흐름을 거스르려고 할 때는 틈을 비집기가 무척 어려웠는데 흐름과 함께 움직이자 의외로 빠져나갈 공간이 생겼다. 영우는 조금씩 앞서 가는 사람들의 틈을 헤집고 앞으로 나아갔다. 하지만 쉽게 빠져나갈 수는 없었다.

영우는 마리와 한 약속 때문에 조바심이 났다. 벌써 시간은 1시를 넘어섰다. 종각 근처도 사람들로 빼곡할 텐데 마리가 어떻게 되었는지 걱정도 되었다.

거의 종각 근처까지 헤집고 떠밀리며 다가갔다. 그때였다. 갑자기 시위대의 움직임이 멈췄다. 제복을 입은 경찰들이 시위대를 둘러싸는 게 보였다. 경찰대장인 듯한 사람이 핸드 마이크를 들고 제설함 위에 올라가 소리쳤다.

"시민 여러분, 이것은 허가 받지 않은 불법 집회입니다. 불법 집회는 집시법 제12조에 의해 강제로 제한할 수 있습니다. 지금 즉시 자진 해산하십시오. 다시 한 번 당부 드립니다. 지금 여러분은 불법 집회를 하고 있습니다. 법에 의해 처벌받을 수 있습니다. 지금 즉시 자진 해산하십시오."

분위기가 으스스해졌다. 핸드 마이크로 들리는 경찰의 목소리는 얼음처럼 차갑게 느껴졌다. 그 무엇도 법 앞에서는 고분고분해야 한다는 단호함이 느껴졌다. 그렇다고 시위대가 금방 경찰의 지시대로 자진 해산할 것 같지는 않았다. 경찰의 숫자는 점점 늘어가는 것 같았고, 시위대는 차들과 엉켜서 앞으로 나아가지 못했다. 횡단보도 건너편에는 검은 제복을 입은 경찰들이 도로를 꽉 채우고 있었다. 경찰은 일부러 왼쪽과 오른쪽의 차들이 신호에 따라 움직이도록 내버려 두고 있었다. 말하자면 지금 종각 앞 사거리가 경찰이 양보하지 않는 마지노선인 셈이었다.

시위대 맨 앞에 있던 사람이 역시 핸드 마이크를 들고 말하기 시작했다.

"우리는 폭력을 선동하는 것도 체제를 비판하는 것도 아닙니다. 우리는 지금 우리 시대의 가장 중요한 문제를 알리기 위해 나왔습니다. 이것은 불법 시위가 아닙니다."

여기저기서 박수가 터져 나오고 옳소, 옳소 하는 외침이 쏟아졌다.

또다시 경찰대장의 핸드 마이크 소리가 들렸다.

"시민 여러분, 여러분은 지금 명백한 불법 시위를 하고 있습니다. 경고합니다. 자진 해산하지 않으면 강제 해산을 하겠습니다. 마지막 경고입니다. 지금 즉시 해산해 주십시오."

시위대에서도 화답하듯 핸드 마이크 소리가 울려 퍼졌다.

"기술이 인간성을 뛰어넘는 것은 끔찍하지만 명백하다고 아인슈타인은 말했습니다. 오늘날 인간은 자기 자신보다 기계를 더 신뢰합니다. 인간의 기억은 기계가 대신하고 있습니다. 사람들은 전화번호와 같은 단순한 숫자들조차 외우지 않습니다. 기계가 기억해 주기 때문이지요. 인터넷에는 지식이 넘쳐 나지만 인간의 머리는 텅텅 비어 가고 있습니다. 인간의 뇌는 녹슬고 퇴화되어 가고 있습니다. 반대로 컴퓨터는 쌓여 가는 지식과 빠른 처리 속도, 강력한 인공지능에 의해 인간의 지능을 능가하고 있습니다.

인간은 오직 편리하다는 이유로 점점 기계의 노예가 되어 가고 있습니다. 최후에는 인류의 운명조차 기계에게 맡길 것입니다. 생명 공학과 유전자 조작 기술은 합성생명을 만들고 인공으로 생명을 조작하고 있습니다. 인간 복제는 단지 시간문제일 뿐입니다. 지구 온난화는 부자 나라의 산업화 과정에서 생긴 산물이지만 정작 온난화로 인한 자연재해와 기후 변화는 가난한 나라 사람들에게 고스란히 넘겨지고 있습니다.

인류의 미래는 과학기술이 만들어 주는 것이 아닙니다. 우리가 어디로 갈 것인가는 전적으로 우리 자신의 판단에 의해서 결정됩니다. 기계가 결코 우리를 대신해 줄 수 없으며 우리를 대신하는 다른 그어떤 것도 사탕이 아니라 독약입니다. 우리 스스로 판단하고 행동해야 합니다. 인류의 미래는 전적으로 우리 자신에게 달려 있습니다."

잠시 짧은 침묵이 흘렀다. 묵시록처럼 울리는 핸드 마이크 소리에 경찰과 시위대 모두 충격을 받은 것 같았다. 이윽고 누군가가 구호를 선창했고 시위대의 우레와 같은 외침이 터져 나왔다. 사람들은 강력한 의지로 경찰을 밀어붙였고 경찰은 밀리지 않으려고 방패로 막으며 안간힘을 썼다. 마치 줄다리기를 하듯 경찰과 시위대 사이에 힘의 균형이 왔다 갔다 했다.

어느 순간 경찰이 밀리는 듯했다. 그때였다. 펑펑! 하는 소리와 함께 하얀 연기가 피어올랐다. 순식간에 매캐한 냄새가 코를 찔렀고 숨이 막히기 시작했다. 잇따라 여기저기서 펑펑! 소리가 났다. 경찰들이 왼손에는 방패를 오른손에는 몽둥이를 들고 시위대를 향해 달려들고 있었다. 시위대는 맵고 숨 막히는 최루탄 가스 때문에 그 자리에서 있기도 힘들었지만, 경찰이 휘두르는 몽둥이에 맞지 않으려면 달아날 수밖에 없었다. 빽빽하게 모여 있던 사람들이 마치 덩치 큰 물고기의 공격에 흩어지는 멸치 떼처럼 순식간에 사방으로 흩어지기 시작했다.

영우는 종각 앞까지 갔지만 마리는 찾지 못했다. 경찰이 최루탄을 쏘자 다른 사람들처럼 피할 수밖에 없었다. 사람들이 흩어지는 방향으로 달려갔다. 종각 뒤쪽 상가들이 밀집해 있는 골목길로 영우는 앞서 가는 사람들을 따라 뛰어갔다.

골목길로 접어든 순간 영우는 몸이 얼어붙었다. 경찰이 누군가를 붙잡아 끌고 가고 있었다. 언뜻 끌려가는 사람이 마리처럼 보였다. 영우는 가슴이 철렁 내려앉았다. 하지만 정말 마리인지 확신이 서지 않았다. 영우가 다시 확인하는 순간 경찰은 그 사람을 끌고 골목 반대편으로 사라졌다. 쫓아가서 확인하고 싶었지만 그쪽에서 경찰 서너 명이 달려오고 있었다. 그들의 입에서 마치 '저놈 잡아라!'하는 소리가 곧 터질 것만 같았다. 그대로 있다가는 영우도 꼼짝없이 잡힐 판이었다. 영우는 뒤돌아서 달리기 시작했다. 달리면서도 잡혀간 사람이 제발 마리가 아니길 빌었다. 마리면 어쩌나 하는 걱정이 가슴을 짓눌렀다.

영우는 샛길로 방향을 틀었다. 한참을 달리다 뒤돌아보니 경찰은 보이지 않았다. 쫓아오다 포기한 것 같았다. 영우는 턱까지 차오른 숨을 가쁘게 쉬며 달리는 속도를 줄였다. 마리가 아닐 거라고, 영우는 복잡하게 엉킨 머릿속을 애써 다잡았다. 골목길을 빠져나와 큰길로 나오자, 어디서 시위가 있었냐는 듯이 길은 차들과 사람들로 북적거렸다. 사거리 건너편 건물의 옥상 전광판에서 뉴스 기사가 자막으로 나오고 있었다.

'경찰 시위대에 최루탄 발포. 50명 체포 30명 부상.'

'시민단체의 과학기술 반대 시위. 경찰 과잉 진압 논란.'

영우는 마리를 만나지 못하고 집으로 돌아갔다.

나는 이름도 없는 나사

검은 상자를 열자 헤드셋과 비슷하게 생긴 물건이 나왔다. 브레인 캡처는 보통 헤드 마운트 디스플레이어와 비슷했으나 훨씬 복잡했다. 귀에 꽂는 이어폰이 양쪽에 달려 있었고 앞쪽에는 입체 영상을 보는 안경이 달려 있었다. 접었다 펼칠 수 있는 모양이었는데 펼쳐서 머리에 쓰면 머리띠와 비슷한 모양이었다. 머리띠 모양에는 여러 겹의 선들이 모여 있었고, 그 선에는 수십 개의 독특한 모양의 단자들이 붙어 있어서 그것들이 머리카락 깊숙이 들어와 두피를 누르는 느낌이 꽉 끼는 모자를 쓸 때와 비슷했다.

영우는 노인의 말이 생각나 조금 불안했다. 그래도 이제 와서 포기할 수는 없었다. 시뮬라크르에 접속하자, 브레인캡처를 쓰라는 메시지는 없고, 회원 가입 메뉴가 떴다. 회원 가입은 간단했다. 이름과 주민등록번호, 그리고 휴대폰 번호만 입력하면 되었다. 아이디와 패스워드를 입력하고 로그인을 했다. 영우의 아이디는 몰록이었다. 캐릭터 설정 화면이 나왔다. 캐릭터는 이미 정해져 있었다. 컴퓨터 카메라로 영우의 얼굴을 확인했는지, 캐릭터의 얼굴은 영우와 꽤 닮아 있었다. 얼굴은 수정할 수 없었다. 다만 옷이나 장신구 따위들은 원하는 대로 바꿀 수 있었다. 얼굴을 바꿀 수 없는 이유를 나중에서야 알았다. 프로그램 안에서 자신의 얼굴을 보는 것은 자연스럽게 가상 세계를 실제 세계와 동일하게 느끼게 만들었던 것이다. 만약 단순히 자신의 아바타를 보고 있다면 실제 인물은 프로그램 안에서 언제나 자신이 가상의 공간에 있다고 느낄 것이다.

캐릭터 설정이 끝나자 드디어 시뮬라크르로 들어가는지 으스스해 보이는 검은 동굴이 화면에 나타났다. 몰록은 동굴 속으로 걸어 들어갔다.

갑자기 눈을 뜰 수 없을 정도로 온갖 색상의 소용돌이들이 화면 전체에서 솟아났다 사라졌다 했다. 소용돌이 영상은 프랙털 구조처럼 부분과 전체가 꼭 닮은 형태로 끝없이 이어졌다. 무한히 반복되는 영상을 보고 있자니, 영우는 자신도 모르게 영상 속으로 빨려 들어가는 것을 느꼈다.

사람들의 함성 소리에 영우는 눈을 떴다. 수많은 사람들이 빽빽하게 모여 있었다. 그들은 소리치고 있었다.

"기계가 우리를 감시하고 있다!"

"유전자 변형 식품을 먹지 말자!"

어디서 들어 본 적이 있는 소리였다. 영우는 고개를 들어 주변을 확인했다. 종각이 보이고, 건너편의 높은 빌딩들이 보였다. 종로였다. 낮에 있었던 시위 현장이었다! 내가 왜 여기에 있지? 영우는 얼떨떨했다. 어떻게 몇 시간 전에 겪은 일이 가상 공간에서 재현될 수 있단 말인가.

최루탄 터지는 소리와 함께 사람들이 건물 쪽으로 달아나기 시작했다. 영우는 사람들에 섞여 골목으로 뛰어들었다. 최루탄 냄새가 콧속으로 파고들자 매워서 숨이 턱 막혔다. 땀이 난 목덜미가 최루탄 가루 때문에 따끔거렸다. 영우는 실제로 그것을 느꼈다.

골목에서 영우는 경찰에게 잡혀가는 소녀를 보았다. 여기서도 이미지는 흐릿했다. 마리처럼 보였지만 확신이 서지 않았다. 순간, 소녀와 영우의 눈이 딱 마주쳤다. 소녀의 눈빛에 두려움이나 공포는 보이지 않았다. 다만 무표정한 얼굴로 영우를 바라볼 뿐이었다. 영우는 여전히 소녀를 마리라고 생각하면서도, 한편으로는 마리가 아닐 거라고 부정했다. 경찰은 소녀를 끌고 좁은 골목길로 사라졌다.

"저 녀석 잡아!"

영우는 뒤돌아보았다. 서너 명의 경찰이 쫓아오고 있었다. 다시 고개를 돌려 보니 소녀는 보이지 않았다. 뒤에서 다가오는 경찰의 구둣발 소리가 들렸다. 영우는 샛길로 빠져 뛰어갔다. 숨을 헐떡거리며 뛰었다. 낮에 느꼈던 감정이 고스란히 되살아나고 있었다.

어떻게 된 건지 갑자기 화면이 바뀌면서 영우는 소녀를 끌고 가는 경찰들 바로 뒤에 서 있었다. 다른 생각을 할 겨를도 없이 영우는 경찰들이 잡고 있는 소녀의 손을 획 낚아챘다. 소녀가 눈을 휘둥그레 뜨고 영우를 바라보았다. 영우는 소녀의 손을 잡고 달리기 시작했다. 경찰들이 뒤쫓아 왔다. 건물이 하나 보였다. 영우는 소녀를 데리고 건물 안으로 뛰어들었다. 순간 깜깜한 어둠이 화면을 채웠고, 둘의 모습도 어둠 속에 묻혀 버렸다. 잠시 후 화면 가득 글이 나타났다.

여러분의 뇌는 시스템과 정보를 주고받고 있습니다. 브레인캡처는 뇌를 3차원으로 스캔합니다. 스캔 데이터는 방대한 뇌 정보 시스템과 연결해서 영상과 언어로 재현합니다. 재현 데이터는 설정된 허용오차 범위 내의 신뢰도를 가집니다. 여러분은 인류라는 종의 광범위한 정보의 일부로 여러분만의 독특한 개성을 가진, 새로운 인간으로 창조되었습니다. 여러분이 제공한 스캔 데이터는 뇌 정보 시스템의 신뢰도를 향상시키는 데만 활용할 뿐 다른 어떤 목적으로도 사용하지 않습니다.

영우는 브레인캡처를 벗었다. 놀라운 경험이었다. 마치 꿈을 꾸고 난 기분이었다. 그것은 완벽한 꿈이었고, 완벽한 실제 상황이었다. 사람들은 꿈을 꿀 때 진짜처럼 느낀다. 이것도 마찬가지였다. 완벽하게 진짜처럼 느꼈던 것이다. 어떻게 이런 일이 가능할까. 뇌를 스캔한다고 하지만 이렇게 완벽하게 뇌 속의 정보를 재현할 수 있단 말인가. 믿기 어려운 일이었다. 하지만 영우는 방금 그것을 실제로 경험했다. 놀라운 일이었다. 한 가지 의문은 하필이면 그날의 시위 현장이 재현되었을까 하는 것이었다. 어쨌든 영우가 의도하지는 않았으니 시스템 자체의 판단이 분명했다. 화면에 글이 계속 올라왔다.

네트워크는 노드와 링크로 이루어진 세계입니다. 뇌는 뉴런과 시냅스로 이루어진 또 하나의 세계입니다. 우주는 물질로 이루어져 있고 모든 물질은 정보를 가지고 있습니다. 뇌는 감각기관으로부터 들어온 정보를 뉴런과 시냅스가 연산해서 행동으로 나타냅니다. 우주도 수많은 정보를 연산해서 지금 현재의 모습을 보여 주고 있습니다. 인터넷도 방대한 정보를 처리하고 수많은 노드를 연결하는 면에서 뇌와 다르지 않습니다. 이제 세계는 노드와 링크, 뉴런과 시냅스가 하나로 연결된 또 다른 우주입니다. 여러분 앞에 새로운 우주가 펼쳐져 있습니다. 이 우주를 항해하기 위해서는 새로운 가치관과 새로운 신념이 필요합니다.

무슨 말인지 전혀 알아들을 수 없었다. 단지 충격 속에서 조금 섬뜩한 두려움이 몰려들었다. 낮에 브레인캡처를 판 노인의 말이 생각났다. 뇌를 다칠 수도 있다. 영우는 다시 브레인캡처를 썼다. 불안보다는 호기심이 더 강했다. 화면 중앙 위에 몇 가지 메뉴가 떴다. 메인 시스템, 반복 재생, 나가기 등이었다. 영우는 메인 시스템을 눌렀다. 화면이 바뀌었다.

공항 로비나, 또는 기차역 대합실, 아니면 거대한 아케이드나 쇼핑몰처럼 생긴 공간이 화면을 가득 채웠다. 많은 사람들이 다니고 있었고, 내부 구조는 아주 복잡했다. 영우는 어리둥절해서 주변을 두리번거렸다. 사람들은 부지런히 움직이고 있었지만 어딘가 목적지를 찾아간다기보다 그저 어슬렁거리고 있다는 표현이 더 정확할 것 같았다. 어쩌면 그들은 영우처럼 실제 인물의 아바타일 수도 있었고 아니면 프로그램이 만든 가상의 존재들일 수도 있었다.

사람들과 눈을 마주치면 그들은 어김없이 웃음을 지었다. 마치 자동 인형 같았다. 영우는 그것이 인공적인 인상을 주어서 별로 반갑지 않았다. 하지만 얼굴을 마주치고도 표정이 없다면 그것도 인공적인 느낌일 것 같았다.

영우는 마리가 생각났다. 도대체 이 많은 사람들 틈에서 마리를 어떻게 만날 수 있을까. 물론 이들 가운데 실제 사람의 아바타는 실물을 닮았을 테니 마리를 알아볼 수도 있을 것이다. 하지만 한편으로는 모두가 엇비슷하게 느껴져서 알아보기 힘들 거라는 생각도 들었다. 꽤 오래 걸었는데도 공간의 끝은 보이지 않았다. 어쩌면 착시 현상이 일어나고 있는지도 몰랐다.

영우는 걸음을 멈추었다. 키가 20미터는 될 듯한 거대한 동상이 드넓은 공간에 덩그러니 세워져 걸음을 가로막았다. 허름한 작업복에 하얀 머리카락을 하고 인자하게 웃고 있는 노인 상이었다. 그의 발아래에는 둥근 아치와 원통 모양이 마치 외계 우주선 같은 형체가 놓여 있었다. 동상의 기둥에 노인의 이름이 새겨져 있었다. 파울로 솔레리. 그리고 그 아래에는 다음과 같은 글이 조각되어 있었다.

'건축은 유기체다. 그러므로 진화한다. 보다 작고 복잡하게 뇌처럼 만들어라.'

누군가 뒤에서 말했다.

"바벨ⅢD를 창시한 건축가 파울로 솔레리의 동상이죠."

영우가 뒤돌아보았다. 연한 하늘색 양복을 입은 키가 큰 남자가 동상을 올려다보고 있었다. 영우가 물었다.

"바벨ⅢD가 뭐죠?"

"바로 이 건물의 이름이죠. 솔레리의 이상이 사이버 공간에서 완벽하게 실현된 거예요."

"무슨 말인지 모르겠는데, 좀 더 자세히 설명해 줄 수 있습니까?"

"솔레리는 건축을 생태주의와 결합해서 환경을 파괴하지 않고 공존할 수 있는 이상적인 공간을 창조하려고 한 건축가입니다. 그의 기이하고 독특한 건축물은 너무 시대를 앞서 갔기 때문에 당대에는 실제로 짓지 못했어요. 바벨ⅢD는 높이 1500미터, 직경 1킬로미터에 이르는 거대한 원통형의 구조물입니다. 이 건물에는 약 55만 명이 거주할 수 있고, 농사와 생활에 필요한 공산품을 직접 만들고 여가와 문화생활을 누릴 수 있는 자족적인 구조물이지요. 그러나 너무 방대해서 아무도 짓지 못했어요. 하지만 이곳 시뮬라크르에서 솔레리의 생각이 고스란히 담긴 바벨ⅢD가 완벽하게 지어졌지요."

"여, 여기가 바로 바벨ⅢD의 내부라는 건가요?"

"그렇습니다. 바벨ⅢD의 중앙에 있는 포럼입니다. 사람들이 자유롭게 모여서 대화도 하고 산책도 하는 곳이죠. 그럼 즐거운 여행이 되시길."

남자는 이렇게 말하고 오른쪽으로 돌아 멀어져 갔다. 영우는 천장과 주변을 돌아보았다. 천장은 굉장히 높았다. 15~16세기 이탈리아 건축을 흉내 낸 라파엘로와 미켈란젤로의 프레스코 벽화들이 장엄하게 그려져 있었다.

벽화의 인물들은 시선을 계속 이어 갔다. 한 그림에 있는 인물의 시선을 따라가면 다음 그림의 인물이 나타나고 그 인물의 시선을 따라가면 또 다른 그림의 인물에 눈길이 닿는 것이 놀라웠다. 그러다가 시선이 다시 광장으로 내려왔고, 그때 영우는 '안내'라는 글자가 쓰인 카운터를 발견했다. 영우는 그쪽으로 걸어갔다.

카운터에는 노인이 앉아 있었다. 노인은 허름한 옷을 입었고, 얼굴에 주름이 많았지만 낯설게 느껴지지 않았다. 영우는 어디서 본 듯하다는 생각을 하며 말을 걸었다.

"이곳이 처음인데 뭘 어떻게 해야 할지 모르겠습니다."

노인은 영우를 쳐다보지도 않은 채 이름을 물었다. 영우는 아이디를 말했다.

"몰록."

노인은 서류를 뒤지는지 시선을 아래에 두고 손만 움직이고 있었다. 잠시 뒤, 노인이 얼굴을 들고 말했다.

"여기는 모두가 평등하고 자유롭다네. 아무도 행동에 제약을 받거나 방해를 받지 않아. 자신이 원하는 것은 무엇이든 할 수 있지."

"무엇이든 할 수 있다고요?"

"그래. 하지만 하고 싶은 것을 구현하기 위해서는 각종 모듈과 세그먼트 사용법을 익혀야 해. 그러면 자기만의 세계를 구축할 수도 있고, 모든 멤버들과 상호 교류를 할 수 있지. 모두가 친구이자 동지라네. 완전한 공동체를 이루는 것이 이곳의 목적이지."

"어디에 있는지 모르는 친구가 있는데, 어떻게 만나죠?"

노인이 다시 서류를 뒤적였다.

"친구가 하나 있군. 아수라."

"아수라?"

"D447-66호에 있어."

"아수라는 처음 들어 보는데."

"만나 보면 알지. 이곳은 단순한 가상 공간이 아니야. 원자보다 작은 공간에 3차원보다 더 높은 차원이 숨어 있어. 우주는 진짜 물질이 3차원 공간에 복제된 홀로그래피 우주인지도 몰라. 그렇게 되면 이곳은 그 우주가 다시 2차원에 투영된 시뮬레이션 우주인 셈이지."

노인은 알아들을 수 없는 말을 하고 고개를 숙였다. 뭘 찾는지 다시 서류를 뒤지기 시작했다. 방금 누구와 대화를 했는지는 까맣게 잊은 듯 보였다. 영우는 가볍게 인사를 하고 몸을 돌렸다. 아수라는 처음 들어 보지만 노인이 친구에 대한 정보를 알고 있다면 그것은 마리일 가능성이 컸다. 시뮬라크르를 함께 알고 있는 친구는 마리밖에 없지 않은가. 영우는 너무 놀랍고 기이해서 머리가 어지러웠다. 네트워크에 이런 놀라운 곳이 있는 줄은 전혀 몰랐다.

영우는 로그아웃을 눌러 시뮬라크르를 빠져나왔다. 마리를 만나고 싶었지만 일단 마음을 진정시킬 필요가 있다는 생각이 들었다. 마리가 어디에 있는지 알았으니 시뮬라크르에서 보는 거야 언제든 가능할 터였다.

바탕 화면에 새 메일이 왔다는 표시가 떠 있었다. 영우는 메일 박스에 들어갔다. 주소를 알 수 없는 곳에서 메일이 한 통 와 있었다. 영우는 모르는 주소는 대개 확인도 하지 않고 지워 버린다. 스팸 메일을 열었다가 악성 코드에 감염되어 하드디스크가 망가진 적이 있었기 때문이다. 하지만 지금 메일은 모르는 주소기는 해도 스팸은 아닌 것 같았다. 제목이 '시험 잘 보는 방법'이었다. 이런 식으로 메일을 열어 보도록 유혹하는 것은 유치한 짓이긴 하지만 호기심이 생기긴 했다. 영우는 확인만 하고 지워야겠다는 생각을 하며 메일을 열었다.

무거운 걸음으로 다시 오늘도 / 피곤이 가시지 않은 머리로
어쩔 수 없지 이게 내 인생 / 나는 자리를 향해 출발해
쓰다가 버리는 작은 기계처럼 / 이런 게 아니었지 목표는
꿈을 꾸었던 것이 언젠가 / 이제는 기억도 나지 않아
어머니, 당신은 알고 계시나요 / 나는 이름도 없는 나사
어머니, 당신은 만족하시나요 / 내가 왜 살아 있는 건지 말해 줘요
(어머니 당신은 만족하시나요 내가 아니어도 세상은 돌아갑니다
어떤 행복을 꿈꾸어 나는 경쟁하고 경쟁했는데
우리가 그린 미래는 드라마에 불과한 공상입니다)
일상의 무게로 비굴해진 내일 / 정신도 용기도 버린 내일
우리의 꿈은 서로 다르지 않은데 / 꿈을 위해 꿈을 버리고
어머니, 당신은 알고 계시나요 / 나는 이름도 없는 나사
어머니, 당신은 만족하시나요 / 내가 왜 살아 있는 건지 제발 말해 줘요
무거운 걸음으로 다시 오늘도 / 피곤이 가시지 않은 머리로
꿈을 꾸었던 것이 언젠가 / 이제는 기억도 나지 않아

ー자우림 〈나사〉

국가 고위직에 있다는 사람들이 온갖 비리를 저지른다. 뇌물 받아먹고, 나랏돈을 제돈 쓰듯이 한다. 그들 대부분은 과거에 판사, 검사, 기자, 군인, 공무원을 했던 사람들이다. 학교는 우리에게 공부해서 출세하라고 가르친다. 국가 고위직에 오르는 것이 출세라면, 공부는 남을 등쳐 먹기 위해서 하는 것인가.

세상이 이렇다는 것을 우리보다 선생님이 더 잘 알 텐데, 선생님들은 왜 우리에게 공부만 강요하는가. 무슨 다른 목적이 있는 게 아닐까. 부모는 단지 자식의 행복을 위해 공부해서 출세하라고 하는 것일까. 그것이 부모님의 진심일까. 부모도 무엇인가로부터 강요에 의해서 자식의 출세를 바라는 것은 아닐까.

우리는 초등학교 때부터 친구를 적으로 만드는 무한 경쟁의 도가니에 뛰어든다. 시간이 지나면 우리는 서서히 세뇌된다. 친구는 적이다, 그들은 언제든지 나를 짓밟고 나를 실패자로 만드는 나의 경쟁자다. 연민은 나를 파괴할 뿐이다. 우리는 온통 적에게 둘러싸여 있다. 나의 동지는 누구인가? 머리 위의 태양도 때론 환멸스럽다. 강자의 상징이 아닌가.

나는 누구인가. 나는 왜 여기에 있는가. 아무도 내가 누구인지 말해 주지 않고, 무엇이 되라고만 강요한다. 무엇이 되면 돈도 잘 벌어 행복할 것 같은데, 무엇이 된 사람들도 돈을 밝히다 쇠고랑을 찬다.

이런 세상이 지겹다! 장학사도 돈 받고 시험지 배돌리고, 선생님도 돈

받고 시험지 빼돌린다. 우리도 내신 등급 올리려고 시험지 빼돌린다. 도대체 무엇이 잘못되었는가?

영우는 놀랐다. 이런 메일은 처음이었다. 보낸 사람은 익명이었다. 보낸 곳의 주소도 없었다. 영우는 첨부 파일을 열고는 입이 딱 벌어졌다. 중간고사 수학 문제였다. 도대체 누가 보낸 것인가.

그 순간 영우는 시험지가 자기에게만 온 것이 아닐지도 모른다는 생각이 들었다. 교육 현실에 불만을 품은 누군가가 시험지를 빼돌려 공개적으로 뿌렸다면, 전교생에게 뿌렸을 가능성이 컸다. 보통 일은 아니다. 이것은 나쁜 짓이다. 영우는 혼란스러웠다. 학교에 알려야 하지 않을까 고민이 되었다. 하지만 자신과 똑같은 메일을 받은 누군가가 벌써 학교에 알렸을지도 모른다는 생각에 망설였다. 굳이 너도나도 연락할 필요는 없지 않을까. 불이 난 것을 본 사람 중에 한 사람만 소방서에 신고하면 되지 여러 사람이 한꺼번에 전화하면 도리어 혼란만 불러올 거라고 마음을 다잡았다.

그런데 영우의 마음에 작은 유혹이 솟아났다. 글의 주장에 공감한다는 것, 뭔가 자신도 피해자라는 억울함, 알 수 없는 반항심 따위가 마음속에 뒤섞였다. 내가 시험지를 빼돌린 것도 아니지 않은가. 그저 내게 온 기회를 잡을 것인가 말 것인가의 문제가 아닐까. 다른 친구들은 벌써 회심의 미소를 짓고 있을 것만 같았다. 틀림없다. 나만 바보처럼 놓칠 수 없다는 생각이 영우의 머릿속을 채웠다. 시험을 잘 볼 수 있다는 기대는 유혹의 그림자를 붙잡고 늘어졌다. 영우는 첨부 파일을 훑어보기 시작했다.

강한 자는 살아남는다

월요일 아침, 학교에서 영우는 가장 먼저 마리의 존재를 확인했다. 반가웠다. 마리는 아무 일 없었다는 듯이 이어폰을 꽂은 채 자기 자리에 앉아 있었다. 그저께 종로에서 있었던 얘기를 하고 싶었지만, 주위의 눈치 때문에 그저 눈인사만 나누었다. 둘째 시간이 수학 시험이었다.

문제는 메일에서 본 것과 숫자 하나, 순서 하나 다르지 않았다. 그대로 똑같았다. 영우는 고개를 들어 아이들을 돌아보았지만 아무도 영우처럼 불안한 눈으로 두리번거리지 않았다. 시험지에 머리를 박고 풀기에 바빴다. 오히려 영우의 행동이 이상할 정도였다.

다른 친구들은 메일을 받지 않은 것일까. 아니, 그럴 리가 없다. 영우 혼자만 특별히 그런 메일을 받을 이유가 없을 뿐더러, 분명히 그 메일은 반 전체나 아니면 학교 전체에 돌았을 것이다. 그런데도 학생들은 어느 누구 하나 그것에 대해서 말하지 않았다. 무표정한 얼굴로 시험지에만 눈을 붙박고 있다. 영우는 불안하고 초조했다. 이미 알고 있는 문제를 일부러 틀릴 수도 없거니와 혹시라도 다른 친구들은 모두 풀었는데 혼자만 못 풀면 바보가 되는 게 아닌가. 혼자만 빵점을 맞을 수는 없지 않은가.

영우는 문제를 풀기 시작했다. 이렇게 확신을 가지고 자신 있게 수학 문제를 푼 적은 지금까지 한 번도 없었다. 3교시는 생활윤리 시험이었다. 시험이 끝나고 오후에는 시험 대비 자습을 했다. 그때까지도 학생들은 시험지에 대해서 말이 없었다. 영우는 수학 시험을 까마득한 과거에 치른 것 같은 느낌이 들었다.

수업이 끝나고 마리와 함께 가려고 서둘러 교문을 나섰으나 마리는 보이지 않았다. 영우는 마리가 교실을 나가자마자 곧장 따라 나왔다. 그런데 교실과 교문 사이에서 마리는 감쪽같이 사라져 버렸다. 마리를 만나면 할 얘기가 많은데 보이지 않으니 아쉬웠다. 고가 철도 아래와 언덕바지 길을 부리나케 뛰어서 내리막길 사거리까지 내처 쫓아갔지만 끝내 마리를 발견하지 못했다. 영우는 허전한 마음을 달래며 집으로 발걸음을 돌렸다.

영우는 브레인캡처를 쓰고 시뮬라크르에 접속했다. 이번에는 곧장 바벨IID의 내부가 나타났다. 영우는 노인이 말해 준 아수라의 방에 대해서 생각하고 승강기가 있는 곳을 찾았다. 사람들 사이를 헤집고 얼마를 가자 거대한 기둥이 눈앞으로 다가왔다. 말이 기둥이지 보통 건물처럼 보일 정도로 컸다. 기둥 앞에 사람들이 서 있는 것으로 보아 승강기 건물인 것 같았다. 기둥은 네모꼴이었는데 사방에 승강기가 설치되어 있었다. 영우는 노인이 말해 준 아수라의 방을 생각했다. D447-66호.

영우는 승강기 위에 붙은 글자를 확인했다. 알파벳 대문자들이 노란색으로 도금되어 반짝거렸다. 영우는 D승강기를 찾았다. 몇몇 사람들이 서서 승강기가 내려오기를 기다리고 있었다. 승강기 글자 옆에 층수를 나타내는 빨간 숫자가 변하고 있었다. 숫자는 백 단위였다. 그렇다면 이 건물은 수백 층이라는 얘기였다. 마침내 승강기가 도착하고 문이 열렸다. 영우는 사람들을 따라서 승강기 안으로 들어갔다. 각자 자신이 올라가는 층의 숫자를 입력하고 있었다. 영우는 직감적으로 447이라고 숫자를 눌렀다. 승강기가 올라가기 시작했다.

처음에는 눈에 띄지 않게 서서히 움직이는 것 같았다. 그러나 시간이 지날수록 속도는 점점 빨라지기 시작했다. 그것은 층수를 나타내는 숫자가 변하는 것을 봐도 알 수 있었다. 영우는 실제 승강기에서 느끼는 것과 똑같은 느낌을 받았다. 승강기 벽면은 완전히 유리로 되어 있었고 층수가 올라갈수록 바깥 풍경이 눈에 들어오기 시작했다.

그것이 실제 바벨IID의 바깥 풍경인지 아니면 프로그램이 보여 주는 가상의 그림인지는 알 수 없었지만 놀라운 풍경이 펼쳐지고 있었다. 상상할 수 없는 거대한 건물의 외관이 마치 헬리콥터를 타고 촬영한 것처럼 커다란 원형을 그리며 나타났다. 건물의 모양은 둥근 원통형이었다. 언뜻 보면 원자력발전소의 원자로처럼 보이기도 했다. 하지만 그것은 순간적인 느낌이었고, 서서히 드러나는 위용은 그 어떤 건물과도 비교되지 않을 만큼 압도적이었다. 원통형 구조 아래에 수평으로 펼쳐진 접시 모양의 구조가 보였다. 그 둘레에는 많은 나무들이 줄지어 서 있었고, 각종 오락 시설과 수영장도 보였다. 사람들은 나무 그늘 아래 벤치에 앉아서 얘기를 나누거나 책을 보고 있었고, 수영장과 오락 시설에는 아이들이 뛰어놀았다. 거대한 건물 바깥에는 드넓은 숲이 펼쳐져 있었다.

"건물의 바깥 모습이 보이는 건가?"

영우는 혼잣말로 중얼거렸다. 그러자 옆에 서 있던 사람이 고개를 끄덕였다.

"맞습니다. 바벨ⅢD를 둘러싼 모습입니다. 50만 명이 자급자족 할 수 있는 공간인데, 아직은 수천 명 정도 입주해서 살고 있죠. 물론 나도 그 중에 한 명이기는 하지만."

그 사람은 유쾌한 표정으로 말했다. 그 사람은 335층에서 내렸다. 수십 층을 더 올라가서 두 사람이 내렸다. 그리고 영우 혼자만 남았다. 영우는 조금 무서웠다. 이렇게 높은 층에 올라가 본 적도 없지만 너무나 현실적으로 느껴졌기 때문이었다.

마침내 447층에 도착했다. 승강기 문이 열리고 영우는 주춤주춤 승강기를 빠져나왔다. 어두컴컴한 복도가 길게 뻗어 있었다. 사람은 전혀 보이지 않았다. 복도 벽을 더듬어 방의 호수를 확인하기 시작했다. 얼마 가지 않아 영우는 D447-66이라는 숫자를 찾았다. 영우는 방문을 열었다. 그리고 한 발을 내딛는 순간 아찔한 현기증에 온몸이 뻣뻣하게 굳었다.

"헉!"

영우의 입에서 자신도 모르게 신음 소리가 터져 나왔다. 영우 눈앞에 믿을 수 없는 광경이 펼쳐져 있었다. 까마득한 아래에 개미만 한 차들이 움직이고 있었다. 갑자기 아래에서 벽면을 타고 올라온 바람이 영우의 머리카락을 날렸다. 길 건너편에는 기기묘묘하게 생긴 고층 건물들이 빽빽이 들어서 있었다. 배불뚝이 그릇처럼 가운데 불룩한 빌딩부터 나선형으로 빙글빙글 돌아 올라가는 거대한 탑 등, 한 번도 본 적이 없는 이상한 건물들이었다. 마치 다른 세계에 온 것 같았다. 길을 걷는 사람들은 거의 알아볼 수 없을 정도로 작았다.

영우는 자신이 어디에 서 있는지 확인했다. 건물의 난간 끝에 있었다. 조금이라도 잘못 움직였다가는 그야말로 아래로 하염없이 떨어지고 말 것 같았다. 영우는 숨이 멎는 듯했다. 머리카락이 쭈뼛 서고 다리가 후들대기 시작했다. 뒤로도 움직일 수 없었다. 아차, 하는 순간 균형을 잃고 허공 속에 빨려 들어갈 것 같았다. 영우는 꼼짝없이 그 자리에 그대로 얼어붙었다. 그때였다.

"왜, 겁나?"

영우는 소리가 난 쪽으로 천천히 고개를 돌렸다. 어떤 여자가 난간을 향해 걸어오고 있었다. 처음에는 안쪽 어둠에서 걸어 나왔기 때문에 형체를 알 수 없었지만 가까이 다가올수록 뚜렷하게 형체가 드러났다. 어디서 많이 본 얼굴이었다. 너비가 20센티미터도 안 될 것 같은 좁은 난간을 평지를 걷듯 편안하게 걸어오고 있었다. 손을 뻗으면 닿을 만큼 가까이 다가왔다. 마리였다. 얼굴을 수정하지 못하는 프로그램 때문인지 금방 알아볼 수 있었다.

"마리?"

"그래. 여기서는 아수라라고 불러."

"난……."

"알아. 몰록. 음침하게 몰록이 뭐야."

"도, 도대체 여기는 어디야? 나, 난 고소공포증이 있는데."

"쳇, 여러 가지 하는군."

"……."

"자살 체험방."

"자살 체험방?"

"완벽하게 자살을 할 수 있지. 내가 개설한 방이야. 가끔씩 고객이 오지만 아주 인기 있는 방은 아니지."

"말도 안 돼. 왜 하필이면 자살 체험이야. 그냥 높은 데서 뛰어내릴 거면 스카이다이빙, 번지점프 이런 것도 있는데."

"자살은 스포츠가 아니지."

"어차피 여기도 가상 공간일 뿐이잖아."

"리얼하지 않으면 스카이다이빙이든 번지점프든 다 가짜지. 죽음을 체험하는 것은 그런 거와는 완전히 다른 거지."

"왜 죽음을 체험해야 하는데?"

"죽고 싶으니까."

영우는 할 말을 잃었다. 또다시 아래에서 바람이 솟아올랐고, 엉겁결에 영우는 뒤로 휘청 기울었다. 초긴장 상태에서 겨우 균형을 되찾았다. 간담이 서늘하게 내려앉았다. 이마에서 식은땀이 흐르는 것 같았다. 하지만 손을 들어 이마를 확인할 수는 없었다. 불필요한 동작 때문에 균형을 잃으면 곧바로 황천길이었다.

"난 자살하고 싶지 않으니까 일단 여기서 벗어나게 해 줘."

"그건 네 의지에 달렸어. 여기까지 온 것도 순전히 네 의지였잖아."

"장난 그만해! 다리에 힘이 빠지고 있어. 정말 떨어질 것 같아."

영우는 정말 두려움과 공포로 다른 생각을 할 수 없었다. 영우의 목소리는 화를 내는 것보다 살려 달라는 쪽에 더 가까웠다. 마리가 말했다.

"나 따라 해 봐."

마리는 왼쪽으로 몸을 돌리더니 곧바로 뛰어내렸다.

"헉!"

영우가 눈을 휘둥그레 떴다. 그러나 마리는 아래로 사라지지 않고 자연스럽게 서 있었다. 그곳은 베란다였다. 금방 베란다를 만든 건지 처음부터 있었던 건지 알 수 없었다. 영우는 얼른 몸을 돌려 뛰어내렸다. 안도의 한숨이 영우의 입에서 흘러나왔다.

영우는 마리를 이해할 수 없었다. 왜 이런 곳을 만들었는지 알 수 없었다. 시뮬라크르가 게임인지 실제를 모방한 시뮬레이션 프로그램인지도 알 수 없었다. 도대체 왜 이런 가상 공간이 있어야 하는지도 알 수 없었다. 영우는 기분이 별로 좋지 않았다.

"너 마리 맞아?"

"어지간히 혼이 난 모양이네."

마리는 여전히 빈정댔다. 영우는 잠시 숨을 몰아쉬었다. 아직도 뻣뻣하게 굳은 팔다리가 풀리지 않았다.

"지난주 토요일에 종로에 나왔었어?"

영우가 물었다.

"당연하지. 넌 보이지 않더라?"

"시위 때문에 널 찾을 수 없었어. 넌 괜찮았어?"

"뭐 몸 좀 풀었지."

"뭐라고? 그럼 넌 시위가 있다는 걸 알고 있었어?"

"그래, 인터넷에서 봤지. 긴장되고 흥분되고……. 뭐랄까, 살아 있는 느낌?"

"나한텐 말하지도 않고……. 어쨌든 잡히진 않았지?"

"잡히긴 내가 왜 잡혀."

"그나마 다행이네. 널 닮은 사람이 잡혀가는 걸 봤어."

"그래? 착각한 거겠지."

"그랬나 봐."

영우는 고개를 저었다. 마리에 대해 알게 될수록 마리의 존재가 아득하게 느껴졌다. 영우는 기분이 가라앉았다.

"아무튼 난 자살 체험방 이딴 거 별로 관심 없어."

영우가 말했다.

"넌 네 안에 있다고 생각하는 네가 진짜 너라고 생각해?"

"그럼 그게 내가 아니면 누군데?"

영우는 조금 화가 났다. 이번에도 마리는 이해할 수 없는 말을 하고 있었다. 별로 대꾸하고 싶지 않았다.

"그건 네 뇌가 상상한 세계야."

"무슨 뚱딴지 같은 소리야?"

"뇌는 생존 본능에 의해 자기에게 유리한 쪽으로 세계를 구성해. 우리는 뇌가 해석한 세계를 보고 있는 거라고. 진짜 세계는 존재하지 않아. 우리가 보는 것 자체가 이미 가상 세계라는 거야."

"내 뇌라며? 내 뇌가 본 게 내가 본 세계지 뭐."

"그게 너야? 뇌가 곧 너야? 뇌도 너의 일부 아냐?"

"……."

영우는 침묵했다. 혼란스러웠다. 갑자기 '나'란 존재가 이 공간 안에 있는 아바타인지 컴퓨터 바깥에서 말을 하고 있는 존재인지 헷갈렸다. 어쩌면 그 둘도 아니란 생각마저 들었다. 기분이 이상했다.

"진짜는 존재하지 않아. 우리는 모두 복제물일 뿐이야. 최초의 생명체로부터 무수히 복제된 복제물들이지. 존재하는 모든 것은 시뮬라크르야. 우리 몸을 구성하고 있는 모든 원자들도 두세 달 만에 모두 새롭게 바뀐대. 그렇다면 나는 어디에 있지? 내 정신은 어디에 있다가 원자들이 싹 바뀌어도 나를 기억하고 있을까? 나라고 말하는 그게 진짜 나일까? 나라고 믿고 있는 유일한 내 기억도 끊임없이 변하고 만들어지고 사라지고 있어. 나는 누굴까. 진짜인지 가짜인지 모르는 나를 찾아 헤매는 것보다 차라리 나는 지금 여기서 무엇을 하고 있는가를 묻는 게 더 현실적이지 않을까?"

"널 모르겠어."

"나도 나를 모르는데 네가 나를 알겠어?"

"농담하지 마. 그럴 기분 아냐."

"나도 농담하는 거 아냐. 여기도 하나의 세계야. 여기서도 인간은 느끼고 생각하고 교류하고 꿈을 꾸고 목적을 찾아갈 거야. 꿈속의 세계가 우리의 한 부분인 것처럼 이 세계도 우리의 일부인 거지."

"그걸 말하려고 뇌니 복제니 떠든 거야?"

"그래."

"어쨌든 좋아. 하지만 이 세계는 내 자유 의지로 거부할 수 있지만 바깥 세계는 내 의지로 거부할 수 없어."

영우가 말했다.

마리는 대답하지 않고 영우를 방으로 안내했다. 방은 꽤 넓었다. 소파도 있고 침대, 책상, 컴퓨터 등이 놓여 있었고, 한쪽 벽면은 전면이 유리였다. 그리고 벽마다 유명한 그림들이 걸려 있었다. 마리가 소파에 앉으며 영우도 앉으라고 했다. 영우는 마지못해 앉았다.

왠지 어색한 분위기가 흘렀다. 영우는 마리의 눈길이 따갑게 느껴져 고개를 들어 벽면의 그림들을 보았다. 고흐의 〈별이 빛나는 밤〉과 마네의 〈수련〉, 달리의 〈삶은 콩이 있는 풍경〉 등 대부분 영우도 본 적이 있는 그림들이었다. 느낌이 나쁘지 않았다. 하지만 이것이 조금 전 마리가 말한 시뮬라크르일지도 모른다는 생각에 씁쓸했다. 복제의 복제품이라니…….

유리 벽에는 연한 하늘색만 꽉 차 있었다. 일어서서 그쪽으로 다가가면 뭔가 다른 것이 나타날 것 같았다. 영우는 무심코 고개를 돌려 마리를 바라보았다. 그 순간 영우는 진짜 마리와 함께 있다는 느낌이 들었다. 지금까지 보아 왔던 표정 없는 무심한 얼굴이 자신을 바라보고 있었다.

"친구가 있었어."

마리가 말했다.

"한때 나의 전부였던 친구였어. 친구는 열심히 공부했어. 공부를
못하면 세상이 무너진다고 생각했지. 연경은, 아참 그 친구 이름이
연경이야. 연경은 학교 끝나면 학원에서 11시까지 공부했어. 집에 돌
아오면 씻고 또 공부야. 새벽 1시가 넘어야 겨우 잠자리에 들었지. 넌
그렇게 공부해 본 적 있어?"

영우는 가만히 있었다. 대답하고 싶지 않았다.

"연경은 반에서 거의 1등을 도맡아 했는데 전교 성적은 10위권이
었어. 엄마는 늘 그것이 불만이었어. 최고가 아니면 만족할 줄을 몰
랐지. 친구는 더 열심히 노력했어. 죽기 살기로 했지. 마침내 엄마가
원하는 성적이 나왔어. 엄마에게 전교 1등 성적표가 도착한 날, 연경
의 메시지가 엄마의 휴대폰을 울렸어. 엄마는 휴대폰을 열었지. '이건
시작이야. 정상은 아직 멀었어.'라고 답장을 할 셈이었지. 하지만 딸
이 보낸 문자가 먼저 눈에 들어왔어. '여기까지야.' 그 짧은 한마디뿐
이었어."

"……."

영우는 마리를 바라보았다. 몇 달 전에 뉴스에서 보았던 사건이 생
각났다. 아파트에서 뛰어내려 목숨을 끊었던 그 애가 마리의 친구였

단 말인가. 마리는 하늘빛으로 가득한 유리 벽을 응시하고 있었다. 영우는 미세하게 변하는 마리의 표정을 읽어 냈다. 순간 영우는 마리가 처음 교실 문을 들어섰을 때의 모습과 중국집에서 낯선 사람을 매몰차게 쏘아붙이던 모습, 수학 시간에 휴대폰을 빼앗기고 선생님을 바라보던 모습이 겹쳐 떠올랐다.

"날마다 수많은 친구들이 죽어 나가도 내 일이 아니면 관심이 없지. 내 친구가 죽지 않았다면 나도 그랬을 거야. 그런데 그게 내 일이 됐어. 자살이 나의 문제가 되었지."

"그렇다고 자살 체험방은……, 오히려 자살을 조장하는……."

"난 자살을 부추기기 위해서 이 방을 만든 게 아냐."

마리의 목소리가 약간 커졌다.

"얼마나 많은 친구들이 하루에도 수십 번 자살 충동을 느끼는지 알아? 상상도 못할 거야. 넌 그런 적 없어? 그게 아무런 이유도 없는 충동적인 감정이야?"

"물론 이유야 많겠지. 하지만……."

"스스로 목숨을 끊는 것은 극단적인 선택이야. 결코 쉬운 선택은 아니지. 여기서는 그것을 바닥까지 체험할 수 있어."

"왜 그걸 체험해야 하는데?"

"물론 장난삼아 체험하는 건 아니야. 진짜로 자살하고 싶을 만큼 최악이었을 때, 여기서 그 극단의 상황을 겪는 거야. 무슨 말인지 알겠어?"

"글쎄, 잘 모르겠어."

"여기서 진짜로 죽는 거야. 그리고 다시 태어나는 거지."

"말처럼 쉽지는 않을 것 같은데. 정말 죽는다고 뛰어내렸는데 살아나면, 죽고 싶은 마음이 없어질까. 더구나 어차피 처음부터 가상 공간이라는 것을 알고 있는데."

"나도 처음에는 죽고 싶어서 이 방을 만들었어. 하지만 달라졌어. 죽기 전에 해야 할 것이 있다는 것. 어차피 누구나 한 번은 죽잖아. 그래, 솔직히 모든 문제가 해결되는 건 아니야. 하지만 생각이 달라졌어. 나도 잘 모르겠어. 내 생각도 진행형이야. 이건 죽음에 대한 시뮬레이션이야. 단지 그것뿐이야."

마리는 더 말을 하려다가 끊었다. 생각을 정리하지 못한 것 같았다. 영우는 여전히 마리의 말을 받아들이지 못했다. 자살은 개인이든 사회든 드러내고 싶은 문제는 아니지 않은가. 그런데 공개적으로 자살 체험방을 만든 것은 아무래도 자살이란 문제를 세상 밖으로 들추어내서 누군가에게 더 큰 고통을 줄 수도 있지 않을까.

"연……."

영우가 입을 열려다 닫아 버렸다. 연경이 누군지 좀 더 물어보고 싶었다. 하지만 지금 더 캐묻는 것은 적절치 않은 것 같았다. 수학 시험도 생각났다. 마리에게서 그것에 대한 것은 낌새도 챌 수 없었다.

마리는 시험이나 대학에 대해서는 별로 관심이 없는 것 같았다. 지금까지 그런 것에 대해서 한마디도 하지 않은 것을 봐도 짐작할 수 있었다.

"오늘은 그만 가 볼게."

영우가 말했다. 마리는 대답이 없었다. 그저 고개만 끄덕였다. 영우는 일어나서 방문 쪽으로 걸어갔다.

영우는 어두운 복도에서 승강기가 있는 방향으로 걸어갔다. 승강기 버튼은 네 줄로 되어 있었다. 영우는 맨 아래 버튼을 눌렀다. 승강기는 빠르게 내려갔다. 마치 기압차가 있는 것처럼 귀가 쩍쩍 갈라지는 느낌이 들었다. 또 순간적으로 자유 낙하를 하는 것 같다가 다시 급격하게 감속하는지 온몸이 아래로 쭉 빨려드는 듯했다. 영우는 눈을 감고 고개를 파묻었다. 그때 승강기가 멈추었고 영우는 도망치듯 빠져나왔다. 층수를 나타내는 화면에 84라는 숫자가 적혀 있었다.

건물 바깥이 나타났다. 밤이었다. 길을 따라 가로등이 죽 늘어서 있었고 불빛이 희미하게 거리를 비추고 있었다. 간간이 차들이 웽웽하고 지나갈 뿐 사람들은 거의 눈에 띄지 않았다. 적막한 느낌마저 들었다. 영우는 뭔가 분위기가 달라 보이는 건너편으로 가기 위해 길을 건넜다. 건너편에 서서 방금 빠져나온 건물을 바라보았지만, 건물의 전면만 보일 뿐 나머지는 보이지 않았다. 사실 영우가 지금 서 있는 이곳도 건물의 일부였다. 영우는 지금 1층에 내렸다고 착각하는 것이다.

지금 영우가 걷는 길은 영화에서 많이 보았던 1930~40년대 뉴욕의 거리 같았다. 골목은 건물에서 새어 나오는 불빛이 길바닥에 반사되어 희끄무레하게 빛났지만 구석진 곳은 어둠이 점령해 있었다. 영우는 어쩐지 골목길로 들어가 보고 싶었다. 영화 〈원스 어폰 어 타임 인 아메리카〉의 한 장면이 떠올랐다.

골목 안으로 접어들자마자 오래된 음식 찌꺼기의 시큼한 냄새가 영우의 코를 찔렀다. 순간 영우는 어떻게 이런 일이 가능한지 믿기지 않았다. 사이버 공간에서 냄새를 맡을 수 있단 말인가. 하지만 냄새를 의식하는 것도 뇌의 작용이다. 시큼한 냄새에 대한 디지털 데이터가 있다면 그것은 정확한 주파수로 뇌를 자극할 것이고 뇌는 그것이 가리키는 냄새를 느낄 것이다. 결코 불가능한 것만은 아니었다.

눅눅한 아스팔트 바닥에 오랫동안 음식 찌꺼기들이 스며들고 배었는지 끈적끈적한 느낌이 들었다. 커다란 쓰레기통이 길가 건물 벽 바로 아래에 놓여 있었고, 아마도 건물의 뒷문일 듯한 창문 달린 문에서 사람 소리가 들렸다. 골목길을 20여 미터 들어갔을까. 갑자기 한 건물의 문이 탁 하고 열리더니 사람 셋이 튕길 듯 뛰어나왔다. 영우는 순간 주춤하고 걸음을 멈췄다. 뒤에서 비치는 불빛에 가려 그들의 얼굴은 분간할 수 없었다. 검은 가죽 점퍼만 번들거렸다. 영우는 잠시 머뭇거리며 서 있었다. 그 사이 그들이 영우 바로 앞으로 다가

왔다. 술을 먹었는지 뒤따르는 한 명은 비틀거렸다. 앞장서서 온 사람이 영우에게 말을 걸었다. 어디서 본 듯했으나 낯설었다. 날카로운 눈빛이 섬뜩하게 영우의 심장을 짓눌렀다.

"어이, 이게 누구야? 그때 맹랑한 계집애랑 술 처먹던 조무래기 학생 아냐? 그 계집애는 어디 갔어? 이번에는 빠져나가지 못하겠지."

영우는 바로 눈앞에 머리를 디밀고 쳐다보는 그 사람의 얼굴을 보았다. 순간 영우는 가슴이 철렁 내려앉았다. 중국집 라오허에서 본 사람들이었다. 영우는 그 사람들의 얼굴을 기억하지 못했지만 그날의 일을 알고 있다면, 그들이 분명할 것이다. 도대체 이 사람들은 어떻게 알고 이곳에 나타났단 말인가. 이 모든 상황이 시뮬라크르에 의해 작동되는 세계라면 영우가 의식하지 못하는 내부의 심리 상태를 시뮬라크르는 파악하고 있다고 봐야 했다.

갑자기 영우는 며칠 전에 있었던 일이 진짜였는지 의심스러워졌다. 그때의 기억이 가물가물하고 지금 이 순간이 훨씬 생생했다. 그때 마리와 말라깽이 아저씨가 싸운 것이 시뮬라크르 세계이고 지금 여기가 진짜 세상이 아닐까 생각이 들었다. 영우는 고개를 저었다. 어떻게 이런 일이 있을 수 있단 말인가. 하지만 갑자기 물에 잉크를 뿌린 것처럼 머릿속이 뿌예져서 아무 것도 판단할 수 없었다.

"이 녀석이 여기에 있다면 그 계집애도 조만간 눈에 띄겠지. 뛰어 봐야 부처님 손바닥이야."

"그래, 맞아. 먼저 이 놈이나 손 좀 봐 줄까."

그들은 좌우로 몸을 건들거리며 히죽히죽 웃었다. 그들이 움직일 때마다 뒤쪽의 불빛과 검은 실루엣이 어른거렸다. 영우는 한 발짝 뒤로 물러섰다. 그러나 곧바로 맨 앞에 있던 녀석의 주먹이 날아왔다. 영우는 날아오는 주먹을 분명 보았지만 피하지 못했다. 온몸이 얼어붙어 꼼짝을 할 수 없었던 것이다.

픽! 영우는 뒤로 벌렁 나자빠졌다. 손바닥이 끈적끈적한 바닥을 짚었다. 불쾌한 느낌이 영우의 머릿속을 흔들었다. 순간 심한 통증도 느꼈다. 컴퓨터 바깥에서 영우는 얼굴에 손을 갖다 댔다. 얼굴이 얼얼했고 허리는 뻐근했다. 하지만 영우는 브레인캡처를 벗지 않았다. 영우는 천천히 일어났다. 방금 전까지 온몸을 휘감고 있던 공포와 두려움이 스치는 바람처럼 빠져나갔다. 내부 깊숙한 곳으로부터 분노가 치밀었다. 영우는 자신을 친 사람을 쏘아보았다. 그 사람이 껄껄 웃었다.

"야, 그렇게 쳐다보면 어쩔 건데? 덤벼 봐, 덤벼 보라고."

그 사람은 섀도복싱을 하는 것처럼 팔을 뻗으며 입으로 슛슛거렸다. 영우는 주먹을 휘두를 자신은 없었다. 차라리 맞고 싶었다. 그래, 어디가 부러질 정도로 맞으면 속이 시원하겠다는 생각도 들었다. 영우의 바람대로 다시 주먹이 날아들었고 영우는 정확하게 가슴팍을 맞고 다시 뒤로 벌렁 넘어졌다.

"뭐 이렇게 약골이야. 싸울 맛이 나야지."

그 사람은 팔을 내리고 투덜거렸다. 영우는 바닥에 넘어진 채로 더 때려 달라고 하고 싶었다. 기분이 좋았다. 맞으면서 이런 기분을 느낀 것은 처음이었다. 영우가 소리쳤다.

"더 때려 줘요!"

"뭐라고? 더 때려 달라고? 미친 거 아냐."

옆에 있던 키가 작은 사람이 쓰러진 영우에게 발길질을 했다. 영우는 신음 소리를 뱉었다. 숨쉬기가 힘들 정도로 아팠다. 그 사람이 다시 발길질을 하려는 순간 누군가가 하늘에서 번개처럼 내려왔다. 영우는 쓰러진 채 눈앞에 벌어진 상황을 멍하니 바라보았다. 한마디로 영화의 한 장면이었다. 삼중 회전 돌려차기는 어느 한구석 흠잡을 데 없었다. 너무나도 유연하게 몸이 앞뒤좌우 공중으로 뻗었다 흩어졌다 자유자재로 움직였다. 세 사람은 손쓸 겨를도 없이 순식간에 여기저기로 나가떨어졌다.

그 사이 영우는 겨우 일어났다. 온몸이 결렸다. 세 사람은 맞은 부위를 만지며 비틀비틀 어두운 골목길로 사라졌다. 검은 옷의 사나이가 벽을 등지고 서 있었다. 검은 망토가 바람에 펄럭였다. 멋있었다. 그 사람이 영우 가까이 다가오자 쾌걸 조로처럼 모자와 검은 마스크를 쓴 게 보였다. 영우는 영화 속의 영웅을 눈앞에서 보고 있는 것 같은 착각이 들었다. 영우가 환상에서 헤어나지 못하고 있는 동안 그 사람이 다가와 말했다.

"강한 자는 살아남는다."

목소리도 멋있었다. 하지만 뭔가 기계적인 냄새가 났다. 어쨌거나 영우는 이것이 분명 영화 속이거나 사이버 공간이라는 것을 알면서도 극적인 현실감을 느꼈다. 영우에게 시비가 붙기 전에 느꼈던 극심한 공포는 이미 사라졌다. 그리고 알 수 없는 충만감이 차올랐다. 게다가 영웅을 만난 것이 엄청난 행운인 것 같은 낭만에 젖어 들었다.

그 사람은 돌아서서 세 사람이 사라진 어두운 골목길로 사라졌다. 강한 자만 살아남는다고 했던 그의 말만이 귓가를 맴돌았다.

자백 또는 침묵

다음 날, 중간고사가 끝나고 첫 수학 시간이었다. 수학 선생님은 며칠 면도를 하지 않았는지 옆얼굴과 코밑이 시커먼 수염으로 덮여 있어 그야말로 산에서 바로 내려온 산적 같았다. 들고 온 책과 출석부를 교탁에 내동댕이치듯 집어던졌다. 얼굴의 절반을 덮은 수염과 그에 걸맞은 두툼한 눈썹 사이에 도다리 눈처럼 달라붙은 두 개의 눈에서 뭔가 심상치 않은 분위기가 흘러나왔다.

"2학년 3반 중간고사 평균이 92점이다. 전체 평균보다 무려 40점이 높다. 70점대가 세 명 있고 나머지는 모두 90점이 넘는다. 주관식 풀이 과정이 거의 똑같다. 이건 도대체 무엇을 말해 주고 있는가. 반전체가 커닝을 했거나, 누군가가 문제지를 사전에 빼돌렸다는 얘기다. 반장 어떻게 생각하나."

반장 기윤이 자리에서 일어나 쭈뼛쭈뼛 뒷머리를 긁었다. 사스콰치는 끓어오르는 분노를 참으려고 무진 애를 쓰고 있었다. 손을 들어 반장을 앉혔다.

"수학 시험 감독 선생님을 만났다. 커닝은 전혀 없었다고 했다. 그렇다면 사전에 문제를 빼돌렸다는 얘긴데, 나는 문제를 오프라인에서 만들지 않는다. 내 문제는 내 컴퓨터에만 들어 있다는 얘기다. 그런데 어떻게 문제를 빼돌렸다는 건가. 간단하다. 누군가가 내 컴퓨터를 해킹했다는 거다. 감히 누가 내 컴퓨터를 해킹했다는 건가. 로그 파일을 조사했다. 아무런 흔적도 없었다. 아주 교활한 놈이다. 치밀하게 흔적을 지우고 나갔어."

학생들 가운데 약간의 동요가 있었지만 대부분의 학생들은 고개를 숙이고 듣고만 있었다. 영우는 드디어 올 것이 왔다고 생각했다. 불안감이 엄습했다.

"도둑은 그 다음에 학교 홈페이지에 침입했다. 그리고 학생들에 대한 정보를 빼냈다. 물론 거기서도 흔적을 남기지 않았어. 다만 누군가가 학생들에게 동시에 메일을 보낸 기록이 남았다. 가짜 아이피를 만들어 그것으로 메일을 보낸 거지. 그리고 너희들은 시험 보기 전 모두 그 메일을 받았다. 맞지? 내 추리가 틀리지 않을 거다."

수학 선생님은 잠시 말을 끊고 아이들을 노려보았다. 영우는 가슴이 무겁게 내려앉았다.

"아무도 내게 와서 문제가 유출됐다고 말하지 않았다. 너희들은 분명히 모든 사실을 알고 있었음에도 아무도 알리지 않았어. 그리고 모두 태연히 시험을 치렀다. 이게 말이 되는 소린가? 단 한 녀석도 사전에 말하지 않았어. 누가 해킹을 했던 너희들은 모두 공범자야. 어떻게 이럴 수 있지? 이건 철저한 배신이다. 용서할 수 없는 배은망덕이지. 모른 척하고 시험을 보면 그냥 넘어갈 줄 알았나. 절대로 50점을 넘기질 못할 녀석이 갑자기 90점을 맞는다면, 그래 그럴 수도 있지, 하고 믿어 줄 줄 알았나. 반 평균이 갑자기 40점 이상 올랐는데, 그래 잘했다, 라고 칭찬해 줄 줄 알았나. 너희들은 누군가가 내민 떡이 훔쳐온 거라는 것을 알면서도 덥석 받아 물었어. 나쁜 놈들!"

영우는 끔찍한 두려움에 빠져들었다. 아무도 말하지 않았다는 사실이 그러기를 바랐음에도 불구하고 믿기지가 않았다. 40명의 학생들은 문제를 본 순간 이성을 잃었다. 이 얼마나 만나기 어려운 기회인가. 수학을 만점 맞다니, 다시는 이런 날이 오지 않을 것이다. 부정이고 도덕이고 다 개나발이다. 성적만 좋으면 인간 대접을 받는 세상이다. 그건 사스코치의 교육 지침이기도 하다. 허구한 날 공부 못한다고 입에 담지 못할 욕설에 치욕스런 모욕을 당한다. 한 번만 공부를 잘해 봤으면, 그래서 사스코치로부터 인간 대접을 받아 봤으면……. 이것이 아마도 해킹한 시험지를 보았을 때 1등을 제외한 모두의 바람이었을 것이다. 그래, 어디 한번 인간 좀 되어 보자.

어쩌면 학생들 모두가 암묵적으로 침묵에 동의한 것은 상대가 사스카치였기 때문일지도 모른다. 나중에야 어찌 됐든 한번 밀어붙여 보자는 생각을 했을 수도 있다. 그래도 한 명의 이탈도 없이 모두가 결심대로 행동하다니, 그저 놀라울 뿐이었다.

"내가 이걸 세상에 떠들 거 같아? 나 그렇게 머리 나쁜 놈 아냐. 내 얼굴에 똥칠하는 짓을 내가 왜 하겠어. 하지만 이대로 덮고 갈 수는 없지. 내가 받은 모욕을 되갚아 주는 것이 나의 생활 철칙이다. 범인 은 분명 너희들 중에 있다."

수학 선생님은 문제를 확대해 봐야 좋을 게 없다고 생각하고 있었 다. 그나마 어쩌면 다행스러운 일인지도 몰랐다. 단결된 40명과 단 한 명의 산적이 벌이는 사생결단의 승부다. 40명이 흔들리지 않고 단 결만 한다면 승산이 없는 싸움은 아니다. 이미 확대하지 않겠다고 생 각했다는 것이 한발 물러서서 시작하는 게임이다. 수학 선생님은 한 꺼번에 출입문을 밀고 들어오는 학생들을 혼자 힘으로 막아 내는 싸 움을 시작한 것이다. 하지만 그냥 쉽게 물러설 사람은 절대 아니다.

"범인은 분명히 잡힌다. 범인을 잡기 전에 너희들이 부정으로 얻은 성적을 어떻게 할 것인지에 대해서 생각해 봤다. 물론 공부 잘하는 친구는 억울할 수도 있을 것이다. 나는 부정을 저지르지 않았다. 실 력대로 시험을 쳤다고 주장할 것이다. 인정할 수 없다. 왜냐? 사전에 유포 사실을 내게 말하지 않았기 때문이다. 공부를 잘하든 못하든 아 무도 내게 사전에 신고를 한 사람이 없기 때문에 나는 너희들 모두가 부정을 저질렀다고 결론을 내렸다. 그러므로 성적도 일관되게 정리할 것이다. 너희들은 지금부터 쪽지에다가 이름을 쓰고 그 아래에 부정을 저질렀다고 자백할 생각이면 '자백'이라고 써라, 끝까지 자백하지 않을 생각이면 '침묵'이라고 써라."

학생들이 조금씩 고개를 들었다. 영우도 고개를 들어 선생님을 바라보았다. 선생님은 칠판에다 자백과 침묵이라는 두 글자를 썼다. 그리고 돌아서서 계속 말했다.

"만약 너희들이 써낸 쪽지가 모두 자백이면 너희들은 모두 20점씩 감점될 것이다. 그러나 모두가 침묵이란 단어를 쓰면 10점씩 감점된다. 그런데 누군가는 자백이란 단어를 쓰고 또 다른 누군가는 침묵이란 단어를 썼다면, 이때 자백을 쓴 친구는 처음 받은 점수를 그대로 유지하고 침묵을 쓴 친구는 영점 처리한다. 무슨 말인지 알겠지? 그럼 지금부터 5분 내로 모두 쪽지를 써서 제출하도록."

순간 교실은 정적이 감돌았다. 아무도 말하지 않았다. 학생들은 생각하고 있었다. 모두가 자백하면 20점이 감점되고, 모두가 침묵하면 10점이 감점된다. 여기까지 생각하면 침묵이란 단어를 쓰려고 할 것이다. 그러나 다음이 문제다. 누군가가 자백이란 단어를 쓰면 자신은 영점이 된다. 더구나 자백을 쓴 친구는 원래 점수를 그대로 받는다. 묘한 제안이었다. 학생들은 서로를 믿을 수 없다. 누가 침묵할 것인지, 자백할 것인지, 아무도 알 수 없다. 모두가 합심해서 침묵하면 10

점씩 감점되어 그마나 나쁘지 않은 점수다. 하지만 어떻게 합심을 한단 말인가. 메일로 시험지를 받았을 때는 욕심이 앞섰다. 어떡하든 성적을 올려 보자는 생각에 이성적인 판단은 흐려졌다. 지금도 어쩌면 똑같은 상황이다. 아무도 믿을 수 없다면 욕심대로 행동해야 한다. 그러니까 자백을 쓰는 게 안전하다. 비록 20점이 감점되지만 침묵을 썼다가 누군가의 배신으로 빵점을 받는 것보다는 낫다.

시간이 흘렀다. 학생들은 하나둘씩 쪽지를 써서 선생님에게로 가져갔다. 10여 분이 지났을 때 쪽지는 모두 제출되었다. 잠시 동안 선생님은 쪽지를 빠르게 훑어보았다. 그리고 입을 열었다.

"장마리만 빼고 나머지는 모두 원래 점수를 받는다. 장마리는 영점이다. 이상."

선생님은 짧게 마리를 쏘아보다가 알 수 없는 미소를 흘렸다. 잠시 뒤 자습을 시키고는 창 쪽으로 걸어가 밖을 내다보았다. 무슨 생각을 골똘히 하는 것 같았다. 학생들은 잠시 웅성거렸으나 이내 교실은 침묵으로 잠겨 들었다. 마리는 이어폰을 꽂은 채 고개를 처박고 있었다.

점심시간에 식당에서 영우는 식판을 들고 돌아서다 종석과 부딪힐 뻔했다. 국이 넘쳐 종석의 옷에 튀었다. 종석은 당장 식판을 날릴 것처럼 사납게 노려보더니 두고 보자는 표정을 지었다. 영우는 가슴이 천근만근으로 내려앉아 밥도 제대로 먹지 못했다. 종석이 어떤 식이든 보복을 할 거라는 생각이 뇌리를 떠나지 않았다. 종석에게 완전히 찍혔다는 생각이 들었다. 작은 트집이라도 잡히면 종석이 괴롭힐 거라고 생각하니 눈앞이 캄캄했다.

어쩌면 종석은 지난번에 교실에서 망신을 당하고 난 뒤부터 기회만 노리고 있는지도 몰랐다. 아직까지 마리에게 어떤 행동도 하지 않는 것을 보면 분명히 뭔가를 꾸미고 있을 수도 있다. 마리는 개의치 않고 행동하고 있지만 영우는 불안했다. 종석이 그냥 넘어갈 친구가 아니라는 것을 영우는 잘 알고 있었다. 공부를 못해도, 친구에게 찍혀도, 학교는 똑같이 지옥이란 생각이 들었다.

수업이 끝나고 영우는 무거운 발걸음으로 교문을 나섰다. 종석이 어디선가 자신을 지켜보고 있을지도 모른다는 생각에 암울한 기분이었다. 아파트 숲을 지나 큰길로 나왔다. 누군가가 어깨를 쳤다. 뒤돌아보니 마리였다. 영우는 그제서야 마리 생각이 났다. 점심시간 이후로 줄곧 종석에 대한 두려움 때문에 마리 생각은 전혀 하지 못했다. 마리가 영우의 표정을 보고 물었다.

"무슨 일 있어? 표정이 별론데."

"그러는 너는, 수학 시험 빵점 맞았잖아."

"흥, 그거? 괜찮아. 그럴 수도 있지 뭐."

마리는 대수롭지 않게 대답했다. 영우는 왜 그랬는지 묻고 싶었다. 왜 침묵을 썼는지 묻고 싶었다. 마리가 말했다.

"사스콰치도 보통이 아니야. 교묘한 문제로 범인과 심리전을 벌이다니."

"엉? 그게 무슨 소리야?"

영우는 마리를 바라보았다. 마리는 아무렇지도 않은 듯 태연한 표정을 지었다.

"그, 그럼 네가 범인이란 거야?"

영우는 뒤통수를 한 대 맞은 기분이었다. 마리가 말했다.

"언제 내가 범인이라고 했어? 다만 사스콰치가 범인의 심리를 꿰뚫고 있었다, 뭐 이런 얘기지."

마리의 목소리는 차분했고 표정은 변함없었다. 영우는 가슴을 쓸어내렸다. 그럼 그렇지, 마리가 범인일 리는 없다. 아무리 이해할 수 없는 행동을 했어도 시험지까지 해킹했을 리는 없다. 하지만 마리는 '침묵'을 쓰고 빵점을 맞았다. 알 수 없는 일이었다.

"메일의 내용을 보면 범인은 대단한 공명심에 차 있어. 자신의 행동을 정의롭다고 합리화하고 있지. 노예로 살 것이냐, 사슬을 끊을 것이냐, 세상이 불의로 가득한데, 이에는 이 눈에는 눈으로 맞서자, 뭐 이런 주장이잖아. 그래서 설사 자신이 범인으로 드러난다고 해도 친구들에게 불이익을 줄 것 같지는 않다는 것을 사스콰치는 알고 있었던 거야. 어쨌든 범인이 아닌 학생들은 친구들을 믿을 수 없으니까 절대 침묵을 쓰지는 않을 거고. 그렇다면 범인만 침묵을 쓰게 될 거라는 것을 계산하고 있었지."

"그럼 넌 자신이 범인으로 지목될 거라는 것을 알면서 침묵을 썼단 말이야?"

"범인을 도와줘야 하잖아. 적어도 범인이 두 명 이상 나왔으면 사스콰치도 골치 아파졌을 텐데."

"그런데 너밖에 없었잖아."

"어쩌면 범인은 우리 반에 없는지도 모르지. 내가 아닌 이상."

"그게 무슨 소리야? 너일 수도 있다는 거야?"

"그런 말 한 적 없어."

"그런데 왜 침묵을 썼어?"

"말했잖아, 범인을 도와주려고 했다고."

"말도 안 돼."

영우는 며칠 전에 마리가 휴대폰 사건이 있고 나서 원수는 원수로 갚는다고 했던 말을 기억했다. 마리는 아직까지 사스콰치에게 감정이 남아 있을 것이다. 혹시, 그래서 복수한 것이 아닐까. 설마 그럴 리는 없겠지. 자기 입으로 범인이 아니라고 했다. 그런데 마리는 범인이나 사스콰치의 심리를 꿰뚫고 있다. 그리고 스스로 범인인 척 행동했다. 왜 그랬을까. 영우는 혼란스러웠다.

마리가 이어폰을 빼서 영우에게 내밀었다. 영우는 마지못해 받아 귀에 꽂았다. 노래가 흘러나오다가 가늘고 약한 말소리가 나왔다.

어머니 당신은 만족하시나요 내가 아니어도 세상은 돌아갑니다
어떤 행복을 꿈꾸어 나는 경쟁하고 경쟁했는데
우리가 그린 미래는 드라마에 불과한 공상입니다

한번에 알아듣기는 어려웠지만 영우는 어디서 들어 본 가사라는
생각이 들었다. 다음 순간 영우는 놀란 표정으로 마리를 바라보았다.

"이, 이건⋯⋯."

마리가 살짝 웃으면서 말했다.

"그래, 그 메일에 있던 노래야. 자우림의 〈나사〉라고 했잖아. 바로
다운 받아서 들었지. 좋던데. 더 들어 봐."

영우는 가슴이 두근거렸다. 마리의 행동을 어디까지 믿어야 할지
알 수 없었다. 설사 마리가 범인이라고 해도 마리를 단죄할 자격이
자신에게 있을까. 벌써 모두가 공범이지 않은가. 머리가 복잡했다. 더
이상 생각하고 싶지 않았다. 자우림의 〈나사〉가 귓속에서 울렸다. 뭔
가가 가슴을 파고들었다. 자꾸만 마리의 친구가 했다는 말이 노래 가
사와 겹쳤다. '여기까지야.'

그 순간 영우는 어쩌면 자신이 나사처럼 살아왔다는 생각이 들었
다. 한 번도 그 누구에게 저항해 본 적이 없었다. 그저 시키는 대로 묵
묵히 학교와 집을 쳇바퀴 돌듯 살아왔다. 그것은 이미 그렇게 되어
있는 것이기에 거부하거나 부정할 수 있는 어떤 것이 아니었다. 언제

부터였던가, 삶이 맹목적이 된 게. 한 가지 기억이 영우의 의식을 파고들었으나 애써 틀어막았다. 익숙한 것이 좋은 것이다. 낯선 것은 두렵다. 몸에 밴 삶이 편안한 것이다. 그것 외에 달리 생각할 수 있는 삶은 존재하지 않았다.

영우는 고개를 돌려 마리를 보았다. 마리는 어떻게 살아왔을까. 무표정한 마리의 옆얼굴이 보였다. 이어폰 선이 양쪽 한 가닥씩 걸려 있었다. 영우는 자신과 마리가 이어폰 선으로 연결되어 있다는 생각이 들었다. 그 선을 통해 소리가 둘 사이를 흐르고 있었다. 갑자기 기분이 울렁거렸다. 어떻게 마리와 친구가 될 수 있었는지 새삼스럽게 믿기지 않았다. 자신이 행운아이고 기적이라는 생각이 들었다. 결코 가까이 다가갈 수 없는 존재라는 생각이 들면서도 마리를 보면 두근대는 감정을 막을 수 없었다.

언덕 위의 작은 공원을 지나 내리막길을 내려가고 있었다. 막 분식집을 지나는데 골목길에서 누군가가 손짓을 했다. 그쪽으로 고개를 돌린 영우는 온몸이 얼어붙어 버렸다. 종석이었다. 종석 뒤에는 낯선 친구 둘이 서 있었다. 종석은 분명히 골목으로 들어오라고 손가락을 까딱거리고 있었다. 영우는 마리를 보았다. 마리도 표정이 어두워졌다. 마리가 앞장서서 갔다. 영우가 떨리는 목소리로 말했다.

"그냥 달아나자. 가 봐야 좋을 거 없어."

"걱정 마. 벌건 대낮에 지가 뭘 어쩔 거야."

마리는 성큼성큼 걸었다. 영우는 할 수 없이 마리를 뒤따랐다. 종석은 껄렁껄렁하게 어깨를 흔들면서 침을 찍 뱉었다.

"야, 세탁비 가져왔냐?"

종석은 마리 뒤에 있는 영우에게 먼저 시비를 걸었다.

"세탁비가 뭐야?"

마리가 깐깐하게 받아쳤다.

"넌 모르면 빠져."

종석은 눈을 치켜뜨며 마리를 쏘아보았다.

"내, 내일 갖다 줄게."

영우가 대답했다.

"야, 뭘 옷을 버렸는데 세탁비야. 친구 사이에 옷을 버릴 수도 있지, 치사하게."

"넌 끼지 말라고 했잖아. 빚진 거 많아."

"그래서 어쩔 건데. 여기서 날 패기라도 할 거야?"

마리는 한 치도 물러서지 않았다.

"패라면 못 팰 줄 알아."

종석이 한 발 다가서 치켜뜬 눈으로 마리를 노려보았다. 마리도 고개를 똑바로 디밀고 종석을 올려다보았다.

"어휴, 여자만 아니었어도 그냥 한 방에……."

"여자? 그거 성차별 발언 아냐? 남자만 아니었어도……."

"앤 도대체 어디서 굴러온 애냐. 완전 꼴통이야, 꼴통."

종석은 기가 차다는 듯 헛웃음을 날렸다. 그러나 마리는 정색을 하고 공격의 기세를 누그러뜨리지 않았다.

"넌 도대체 사는 낙이 뭐냐. 남들 괴롭히는 게 그렇게 즐겁냐?"

"어휴, 야 너 혼자 오랬더니 앤 왜 붙여 온 거야."

종석은 영우에게 화풀이를 하고 있었다. 그러나 마리는 고삐를 늦추지 않았다.

"넌 폭력이 뭔지도 몰라. 네가 하는 짓은 폭력 축에도 끼지 못해. 그러니까 남들 괴롭히는 짓 그만 좀 해. 넌 아주 야비하고 비겁한 녀석이야. 너보다 강한 친구에게 맞서 봤어? 넌 언제나 너보다 약한 먹잇감만 찾지? 나쁜 자식."

"뭐? 자식? 아! 미치겠다."

종석은 주먹으로 벽을 쳤다. 하지만 세게 치지는 않았다.

"그렇게 나를 패고 싶으면 한판 붙어."

"무슨 소리야. 어떻게 붙자는 거야?"

"아도겐 알아? 거기서 붙어."

"아도겐? 너도 알아? 그거 내가 제일 좋아하는 게임인데."

갑자기 종석의 표정이 야릇해졌다. 화를 내는 건지 기분이 좋은 건지 알 수 없는 표정이었다.

"아도겐에서 정식으로 한판 붙자."

"좋아. 아니⋯⋯, 안 돼. 난 여자랑은 싸우지 않아. 우리 엄마가 그랬어. 남자는 여자랑 싸우지 않는 거라고."

"아주, 마마보이에⋯⋯. 좋아, 그럼 영우랑 붙어."

영우가 마리를 바라보았다.

"왜 그래. 나 그거 몰라."

영우가 작게 말했다. 마리가 말했다.

"3일 뒤에 아도겐에서 봐."

"저 녀석이랑 붙는다고? 나 원 참. 가소로워서."

종석은 코웃음을 쳤다.

"나 아도겐에서 상위 레벨이야. 진 적이 없어. 나한테 도전하려면 열 명은 이기고 올라와야 돼."

"그러니까 3일 뒤에 보자고. 만약 네가 지면 어떡할래?"

마리가 단호하게 말했다.

"말이 되는 소리를 해야지."

"만약 영우가 지면 네가 시키는 대로 할게. 그러나 만약 네가 지면 더 이상 애들 괴롭히는 짓 하지 마. 약속해."

"그러니까 내가 저 녀석을 이기면 너는 그때부터 찍소리도 안 하고 내 밥이 된다, 이거지?"

"그래."

"좋다. 아주 한 방에 골로 보내 주지."

종석은 주먹을 불끈 쥐어 보이고는 뒤돌아서 함께 온 친구들과 같이 사라졌다.

아도겐은 가장 인기 있는 인터넷 격투기 게임이다. 3차원 가상 공간에서 실제처럼 격투기를 하는 온라인 게임인데, 영우는 그런 게임이 있다는 것만 알았지 한 번도 해 본 적이 없었다. 그런데 덜컥 마리는 영우를 종석과 그 게임에 붙여 버렸다. 영우는 기가 막혔다.

"나 그거 할 줄 몰라."

"걱정 마. 나한테 방법이 있어. 이 기회에 저 녀석 코를 납작하게 만들어 놔야지."

마리는 쾌활하게 골목길을 빠져나왔다. 철길 아래 사거리 횡단보도에서 마리가 말했다.

"오늘 저녁에 시뮬라크르에 들어와. 잘 가."

마리는 손을 흔들며 살짝 웃음을 짓고는 횡단보도를 건너갔다. 영우는 조금도 마음이 가볍지 않았다. 걱정이 무겁게 가슴을 짓눌렀다.

가상과 현실 사이에서

영우는 D승강기 앞에서 엘리베이터를 타고 447을 눌렀다. 엘리베이터는 고속 기차처럼 속도를 냈고 영우는 귀가 먹먹해지는 느낌을 받았다. 447층 66호실 문을 열고 들어갔다. 까마득한 낭떠러지가 영우를 맞았다. 마리를 만나려면 언제나 여길 통과해야 하는 건가 하는 생각이 들었다. 영우는 아래를 내려다보았다. 까마득한 심연이 아가리를 벌리고 자석처럼 끌어당기고 있었다. 아래에서 바람이 벽면을 타고 올라왔다. 옷이 거꾸로 날렸다. 한기가 느껴지는 차가운 바람이었다. 다리가 후들거렸다. 바람에서 이상한 냄새가 느껴졌다. 달짝지근하면서도 시큼하다는 생각이 들었다. 냄새는 이내 사라졌다.

영우는 자기도 모르게 한 걸음 뒤로 물러섰다. 두려움과 공포가 한꺼번에 몰려왔다. '연경도 지금 나처럼 무서워했겠지.' 마리의 친구 연경을 생각하니 마음이 아팠다. 왜 극단의 선택을 해야만 하는가.

자신에게 씌워진 짐을 적당히 벗어던져 버리고 살 수는 없는가. 무엇이 우리를 끊임없이 그 암울한 터널에 갇히게 하고 오직 스스로 목숨을 내던지는 길만이 해결책이라고 생각하게 만드는가. 어쩌면 그것은 책임감 때문인지도 모른다. 엄마와의 약속, 자기 자신과의 약속, 사회가 요구하는 약속. 그런 약속을 쉽게 저버리는 것은 자기 존재를 내팽개치는 것과 같은 것이기에 차라리 고통을 끝내는 길을 택했으리라.

"왔어?"

마리의 목소리가 들렸다. 그 순간 낭떠러지는 사라지고 마리의 방이 나타났다. 고흐와 마네의 그림이 걸린 벽과 유리 벽이 보였다. 영우는 방 안에 서 있었다. 마리가 소파에 앉아 있었다.

"앉아."

마리는 앞에 있는 의자를 손으로 가리켰다. 표정이 밝지는 않았다. 영우가 의자에 앉으며 말했다.

"연경에 대해서 좀 말해 주면 안 될까?"

마리가 고개를 들고 영우를 바라보았다. 별로 내켜 하는 표정은 아니었다.

"뭘 알고 싶은데?"

"아, 아니 그냥, 그러니까……."

순간 영우는 괜한 질문을 했다는 생각이 들었다. 마리가 기분 좋게

할 얘기는 아니었으니까.

"초등학교 때부터 친구였어. 피아노도 잘 쳤고, 운동도 잘 했고, 무엇이든 1등을 놓치지 않았어."

마리는 의외로 담담하게 말했다.

"솔직히 그런 연경이 얄밉기도 했었어. 어릴 때부터 난 아주 계산적이었나 봐. 그런 친구가 하나 있으면 다른 친구들이 함부로 대하지 못하잖아. 덕분에 나도 우쭐대며 다녔지. 연경이 붙임성 있고 누구에게나 친절하니까 친구들이 아주 많았어. 나는 그게 불만이었어. 연경을 독점하고 싶었지. 난 아주 이기적이었어. 지금도 그렇지만."

"지금도?"

"넌 몰라서 그래. 아무튼 그렇게 연경과 나는 초등학교를 졸업하고 중학교도 같은 학교에 갔어. 중학교에 올라가서도 연경의 성적은 최상위였지. 1학년 때는 반장도 했어. 남 앞에 나서는 것을 싫어하는 그 친구의 성격으로 봐서 반장은 스스로 결정해서 한 것은 아니었을 거야. 아마도 선생님보다 엄마가 뒤에서 압력을 넣었겠지. 연경은 착한 아이였어. 엄마가 시키는 것은 무엇이든 했어. 초등학교 때도 학원을 서너 개 다녔는데, 한 번도 힘들어 하거나 불만을 터뜨린 적이 없었으니까.

중3 때 학원에서 만난 한 학년 선배 오빠를 좋아했어. 성적이 떨어졌는데 엄마가 난리가 났지. 학원을 통해서 연경이 남자 친구를 사귀고 있다는 것을 알아냈어. 어쩌면 엄마도 그런 경험을 했을 텐데, 참 매정했지. 아예 그 남자 친구의 부모를 찾아가 남의 딸 거지로 만들 거 아니면 당장 그만두게 하라고 했어. 연경은 나중에 그런 사실을 알게 되었지. 그 오빠는 다른 학원으로 옮기고 둘은 헤어졌어. 그때 처음으로 연경은 내 앞에서 눈물을 보였어.

연경은 문학을 사랑하는 꿈 많은 아이였어. 문학에 대한 열정이 대단했지. 나도 연경만큼은 못했지만 문학을 좋아했어. 연경과 함께 시 나눠 읽기 한 것이 가장 기억에 남아. 연경이 없는 지금은 시도 읽지 않아. 시가 무서워. 볼 때마다 비수처럼 가슴을 찔러 읽을 수가 없어. 솔직히 연경이 성적이 떨어진 이유는 남자 친구를 사귀거나 다른 딴 짓을 해서가 아니야. 엄마 모르게 읽고 싶은 책을 읽다가 학교 공부 를 덜하게 된 게 진짜 이유지. 엄마는 몰래 책을 쓰레기통에 버리기 도 했어. 오직 교과서와 참고서만이 엄마가 인정하는 책이었어.”

마리가 잠시 말을 끊었다. 연경과의 추억을 떠올리는 것이 괴로운 지 인상을 찌푸렸다. 영우는 괜히 상처를 건드렸나 싶어 조금 미안했 다. 마리의 말이 이어졌다.

“연경과 같은 고등학교를 가려고 나도 중3 때 엄청 공부했어. 아마 지금보다 훨씬 열심히 했을걸. 겨우 턱걸이로 같은 고등학교에 갔지. 그런데 그 학교 장난이 아니었어. 너무 삭막해서 미쳐 버릴 지경이었 어. 지금 학교하고는 비교도 안 돼. 연경은 변함없이 날 가장 친한 친구로 대해 주었지. 하지만 난 이상하게 뒤틀려 갔어."

다시 침묵이 이어졌다. 마리의 얼굴이 더 일그러졌다. 무엇을 회상하는지 몹시 괴로운 것 같았다. 그때 방문이 열리고 누군가가 들어왔다. 영우는 때마침 마리의 얘기를 끊어 준 방문객이 반가웠다. 마리에게 연경의 얘기를 물은 것은 실수라는 생각이 들었다.

눈에 쾌걸 조로처럼 가면을 쓴 사람이 성큼성큼 걸어 들어왔다. 그에게는 자살 체험방의 낭떠러지가 보이지 않는 것 같았다. 가면 속에 조명처럼 두 눈이 빛났다. 허리까지 내려오는 망토가 펄럭였다. 며칠 전 골목에서 영우를 구해 준 그 인물이었다. 강한 자만 살아남는다.

괴로운 표정을 짓고 있던 마리가 그 인물을 보자 미소를 띠었다. 영우는 가슴이 두근거렸다. 영웅을 여기서 다시 보다니. 마리는 영우에게 쾌걸 조로를 소개했다.

"이쪽은 다스 베이더, 그리고 여기는 내 친구 몰록이야."

영우는 어색하게 일어났다. 그가 영우에게 검은 장갑을 낀 손을 내밀었다. 영우도 손을 뻗었다. 순간 그의 악력이 화면 바깥에 있는 영우의 손에도 느껴졌다.

갑자기 주변의 모습이 바뀌기 시작했다. 어둠침침했던 방의 분위기가 밝고 환한 색으로 변해 갔다. 전면과 왼쪽 벽으로 푸른 바다가 펼쳐진 해변의 풍경이 나타났다. 숨이 확 트이는 느낌이었다. 오른쪽 벽으로는 건물의 구조를 그린 듯한 복잡한 설계도가 스크롤되어 올라갔다. 그리고 메모리와 주기억장치 따위들이 복잡한 회로와 함께 얽혀 있는 컴퓨터 내부처럼 보이는 3차원 홀로그래피 영상이 벽을 따라 방 전체를 휘감아 돌았다. 영우는 자신이 거대한 시스템 내부에 있는 것 같은 착각이 들었다.

"바벨IIID의 설계도 일부야."

마리가 말했다. 다시 복잡한 선들이 사라지고 거대한 탑처럼 생긴 바벨IIID의 외형이 3차원 구조로 위용을 드러냈다. 경이로웠다. 비록 사이버공간이라 할지라도 이런 세계가 존재한다는 것 자체가 놀라웠다. 마리는 여러 번 봤을 텐데도 여전히 황홀한 표정으로 웅장하고 거대한 바벨IIID를 바라보았다.

"이것은 인류의 마지막 정착지야."

다스 베이더가 말했다.

"가능성의 총화. 인간 정신의 완전한 구현. 경계가 사라진 시공간 공동체. 시뮬라크르는 인류의 모든 꿈이 실현되는 최후의 성지가 될 거야."

다스 베이더의 목소리는 굵고 부드러웠다. 하지만 어딘가 기계적인 냄새가 났다. 그것은 영우가 처음 그를 보았을 때도 느꼈던 것이었다.

"다스 베이더는 바벨IIID의 핵심 시스템을 꾸미는 주요한 프로그램을 짜고 있어."

마리가 말했다.

"와, 그러면 컴퓨터 도사겠네."

영우가 부러운 눈으로 말했다.

마리가 당연하다는 듯이 고개를 끄덕였다.

"20년 후면 지구 인구는 백억 명이 넘고 환경은 더욱 나빠질 거야. 세계 어디든 온난화로 인한 기후 변화가 시작되겠지. 심지어 과거에 살기 좋았던 유럽이나 미국마저도 홍수와 가뭄으로 황폐한 곳이 될 거야. 새로운 공간을 만들어 내지 않으면 인류는 멸종할 수밖에 없어. 유일한 대안 가운데 하나가 바벨ⅢD와 같은 고도로 집약된 공간의 창출이야. 50만에서 백만 명 정도의 사람들이 한 건물에 모여 모든 것을 자급자족하면서 쾌적하게 살 수 있는 공간, 그것이 바벨ⅢD의 건설 목표지. 그게 솔레리 박사의 꿈이기도 하고."

다스 베이더가 말했다.

"더 이상 환경을 파괴하지 않기 위해서도 바벨ⅢD는 필요해."

마리가 덧붙였다.

"세컨드라이프 같은 건가?"

영우가 고개를 갸웃하며 물었다.

세컨드라이프는 얼마 전까지 인터넷에서 가장 인기가 많았던 가상 현실 사이트였다. 하지만 그것과 시뮬라크르는 구현 방식 자체가 달랐고 목표하는 지향점도 달랐다. 그것은 가상 공간에서 현실과 비숫하게 생활하면서 자신이 원하는 삶을 살 수 있다는 매력이 있었지만, 수많은 롤플레잉 게임과 크게 다르지 않았다.

"미래의 인류를 위한다고 해도 말 그대로 가상 공간이잖아. 여기서 그 모든 걸 실현하는 게 의미가 있을까."

영우가 이해할 수 없다는 표정으로 말했다.

"사람들은 식물 공장에서 다양한 농산물을 생산하고, 설비 공장에서는 생활에 필요한 각종 도구와 기계를 만들 수 있어. 전기, 수도와 같은 인프라도 구축하고, 다양한 사회적 교류를 통해 문화생활과 정서적 교감을 나눌 거야. 바벨ⅢD를 벗어난 환경은 자연에 대한 경외심을 갖는 목적 외에는 어느 누구도 손댈 수 없어. 모든 생물과 대자연이 오래전 과거처럼 있는 그대로의 상태를 회복하는 거지. 나중에 실제 건물이 대지 위에 세워지면 가상 공간의 바벨ⅢD와 실제 바벨ⅢD가 완벽한 조화를 이뤄 인류는 가상과 현실 속에서 공존하게 될 거야. 이것이 세컨드라이프와 근본적으로 다른 거지."

"믿을 수 없어, 그런 세상이 오리라고는……."

영우는 고개를 흔들었다. 그건 그저 꿈일 뿐이었다. 어떻게 그런 세상이 오겠는가.

"지금 과학기술의 발달 속도로 보면 그런 날은 반드시 올 거야. 과학기술의 발달보다 더 중요한 것은 미래에 대한 사람들의 합의와 동의야. 함께 고민하고 합의된 결과를 행동으로 옮기지 않으면 아무런 의미가 없어."

다스 베이더가 낮게 말했다.

"그런 날은 절대 오지 않을 거야. 사람들은 결코 합의할 수 없어."

영우가 말했다.

"지나간 인류의 역사를 보면 그런 생각을 할 만도 해. 하지만 다가오는 미래는 다를 수 있어. 미래는 가능성이야. 다가오는 미래는 가능성이 충분해."

"그게 무슨 말이야? 다가오는 미래는 과거와 다르다? 인간의 마음은 변하지 않아."

"네트워크 시대에는 사람들의 의사 전달과 소통 방법이 과거와는 완전히 달라지기 때문에 충분히 의견 통합을 이뤄 낼 수 있어."

마리가 힘주어 말했다.

영우는 팔짱을 끼고 눈을 감았다. 여러 가지 생각이 들었다. 자기도 모르게 거대한 소용돌이가 몰아치는 영화 속에 들어와 있다는 느낌이 들었다. 하지만 영화와는 뭔가가 달랐다. 하나의 세계가 꿈틀대고 있었다. 그것은 아무도 경험해 보지 못한 세계였다. 하지만 가상이라는 치명적인 한계를 어떻게 현실과 마찰 없이 통합시킬 수 있을까.

"참, 내 정신 좀 봐."

마리의 목소리가 영우의 공상을 깼다.

"다스 베이더에게 부탁할 것이 있었는데. 아도겐이라는 인터넷 격투기 게임 사이트가 있어. 3일 후에 영우가 그곳에서 꽤 센 녀석과 한 판 붙기로 했는데, 좀 도와줘."

"뭘 도와?"

다스 베이더가 퉁명하게 말했다.

"3일 만에 모션캡처만 쓰고는 절대 그 녀석을 이길 수 없어. 브레인캡처가 훨씬 뛰어나. 브레인캡처는 뇌의 작용을 캡처해서 프로그램과 소통하는 거지만 모션캡처는 단순히 사람의 행동을 캡처할 뿐이잖아. 그러니까 영우가 브레인캡처를 쓰고 게임을 하게 해 줘."

"나더러 브레인캡처로 아도겐을 할 수 있게 해 달라는 거야?"

"그래. 가능하지?"

다스 베이더가 잠시 마리를 바라보았다. 조금은 멋쩍은 눈빛이었다. 그가 말했다.

"브레인캡처의 송신 펄스를 아도겐 프로그램이 인식할 수 있는 인터페이스 프로그램이 필요해."

"해 줄 거지?"

마리가 채근하며 물었다.

"어쨌거나 모션캡처보다는 낫겠지. 아이디어가 나쁘지 않아. 하지만 격투 능력이 없으면 아무 소용이 없을 텐데."

"그건 신경 쓰지 마. 내가 해결할 테니까."

마리의 표정이 밝아졌다.

"네가? 네 실력으로?"

다스 베이더의 목소리에 조롱기가 섞여 있었다. 마리가 눈을 흘겼다. 영우는 다스 베이더의 현란한 동작이 눈앞에 떠올랐다. 어쩐지 자신이 없었다. 그걸 눈치 챘는지 마리가 말했다.

"걱정 마. 기본기만 익히면 나머지는 상상력이 해결해 줄 거야."

마리는 영우를 데리고 여가 활동 공간이 있는 15층으로 갔다. 많은 사람들이 다양한 스포츠를 즐기고 있었다. 마리는 투명한 유리로 된 방에 들어가 컨트롤 박스에 무도장을 입력했다. 바닥이 푹신푹신한 매트리스로 바뀌고 각종 운동기구가 가지런히 정돈된 무도장이 나타났다. 어느새 영우와 마리의 옷도 도복으로 바뀌었다. 영우는 어색하게 서 있었다.

"머릿속으로 생각한 대로 몸을 움직일 수 있어."

마리가 말했다.

"하지만 그것만으로는 싸워서 이길 수 없을 거야. 먼저 상대의 공격을 막을 수 있어야 하고, 기술을 사용해서 공격할 수 있어야 돼. 방어와 공격을 자유자재로 하려면 단순히 생각만으로 되는 건 아니야. 정확하게 공격 기술과 방어 자세를 상상할 수 있어야 돼. 그래서 기본기와 기술이 필요한 거야. 몸의 반사적인 행동은 의식보다 앞서. 그게 훈련이 필요한 이유야. 상대의 빠른 공격을 피하거나 막기 위해서는 의식하기 전에 손과 발이 먼저 나가야 한단 말이지."

"그건 불가능하잖아. 생각하기 전에 움직인다는 것은 모순이지."

"그렇지 않아. 생각하는 것이 의식을 의미한다면 의식보다 행동이 더 빠를 수 있어. 어쨌든 그것은 훈련을 통해서 능력을 강화할 수 있어. 그래서 훈련이 중요하다니까."

영우는 말뜻을 알아들었다. 생각으로 움직이는 가상 공간에서 행동은 생각에 앞설 수 없다. 그러나 의식하기 전에 뇌파가 먼저 브레인캡처를 통해 프로그램에 전달될 수 있다. 하지만 그것은 잘못되면 큰 위험을 초래할 수도 있다. 그러니까 생각과 의식, 행동이 최대한 긴밀하게 연결되기 위해서는 반복적인 훈련이 필요한 것이다.

"네트워크 시대에는 가상 공간에서 다양한 일들이 벌어질 거야. 마치 실제 현실처럼 범죄나 폭력이 벌어질 거고 실물과 똑같은 아바타들이 상대의 정보를 캐내기 위해 해킹을 하거나 무단 침입을 하게 될 거야. 자기 자신을 지키기 위해서나 내가 속해 있는 사이트를 지키기 위해서도 방어할 수 있는 능력을 가져야 돼."

"알았어. 그런데 무술은 언제 가르쳐 줄 거야?"

영우가 시큰둥하게 물었다.

"여러 가지 무술 영상 자료들이 있어. 그것을 보고 동작을 눈에 익히면 돼. 그 다음은 모두 본인의 몫이야. 상상하는 것이 곧 동작이 되니까, 공격은 마음대로 할 수 있어. 하지만 기본기를 크게 벗어난 동작은 오히려 허점을 드러내서 역공을 받을 수 있지. 고도의 기술은 꾸준한 훈련을 통해서 획득하는 거야."

마리의 말이 끝나고 눈앞에 격투 장면이 나타났다. 한 사람이 권투 선수처럼 주먹을 뻗으며 공격해 오자 다른 사람이 허리를 숙이며 상대의 다리를 걸어 넘어뜨렸다. 너무나 순식간에 일어난 동작이라 무슨 일이 벌어졌는지 모를 정도였다. 다음으로 두 사람은 중국 무술과 비슷한 주먹 공격을 했다. 팔이 얼마나 현란하게 움직이는지 눈이 어지러울 지경이었다.

"저렇게 빠른 동작을 어떻게 막아. 공격해 보기도 전에 얻어맞겠다."

영우가 푸념을 했다.

"느낌이 중요해. 생각하지 않으면 동작이 나오지 않아. 그러니까 자연스럽게 팔과 다리, 몸의 움직임을 느끼며 따라가는 거야."

마리가 공격하기 시작했다. 주먹이 영우의 눈앞으로 다가왔다. 영우는 왼쪽으로 피해야 한다고 생각했다. 그러자 몸이 왼쪽으로 기울어지면서 마리의 주먹이 눈앞을 스치고 지나갔다. 곧장 마리의 뒤꿈치가 영우의 얼굴을 향해 날아왔다. 영우는 생각할 겨를이 없었다. 그 순간 영우의 뺨이 한쪽으로 밀리면서 둔탁하게 무엇에 부딪힌 것 같은 통증과 함께 뒤로 벌렁 나가떨어졌다. 순간 정적과 함께 모든 것이 멈추었고 뜨거운 불에 덴 듯한 고통이 밀려왔다. 짧은 순간 영우는 의식을 잃었던 것이다. 마리가 내려다보고 있었다.

"괜찮아?"

마리가 영우의 팔을 잡아끌었다. 영우는 비틀대며 일어났다.

"방심은 금물이야."

"방심한 거 아냐. 생각이 미처 못 따라간 거지."

영우가 아픈 뺨을 비비며 투덜댔다.

"좋아. 내 말을 정확하게 이해했군. 타이밍이 중요해. 그것만 익숙해지면 웬만한 공격은 피할 수 있어."

눈앞에는 새로운 영상이 계속 나타나고 있었다. 마치 무중력 상태인 것처럼 공중에 떠서 주먹과 발이 오가는 동작도 나왔다. 다스 베이더가 검은 망토를 휘날리며 몸을 솟구치던 장면이 영우의 머리에 떠올랐다. 그 정도 실력이 되려면 꽤 훈련을 해야 할 것 같다는 생각도 들었다. 마리도 틈만 보이면 영우에게 공격을 했다. 영우는 영상 보랴 마리의 동작 피하랴 정신이 없었다. 하지만 그러는 동안 영우의 판단과 행동이 점점 빨라지고 있었다.

"운동 신경이 좀 있는데?"

마리가 말했다.

"아냐, 싸움 못해. 한 번도 싸워 본 적 없어."

"싸움 자체는 중요하지 않아. 싸움은 원래 혼자 하는 거야. 적은 네 안에 있지."

마리의 공격이 점점 거세졌다. 동작이 빨라졌고, 무술 영상처럼 현란한 몸짓을 해 보였다. 마리도 실력이 보통이 아니었다.

분명 바깥세상보다는 배우는 속도가 훨씬 빨랐다. 이곳에는 신체의 한계가 거의 없고 생각한 대로 동작이 나오기 때문에 무술 영상을 금방 따라 할 수 있었다.

"너 혼자서도 훈련할 수 있어. 프로그램 옵션을 보면 다양한 능력을 가진 가상 인물이 있으니까 그들을 불러내서 대련을 하면 돼."

마리가 말했다. 그 말을 하고 있는 사이 영우는 몸을 한 바퀴 돌려 뒷발차기로 마리를 공격했다. 마리가 옆으로 빠지면서 왼쪽 팔꿈치로 영우의 허리를 가격했다. 영우는 생각할 틈도 없이 앞으로 꼬꾸라졌다. 급소를 맞았는지 숨쉬기가 어려웠다. 허리를 구부린 채 영우는 숨을 헐떡였다. 그러면서 영우가 말했다.

"다스 베이더는 어떻게 만났어?"

"다스 베이더? 그건 왜 갑자기 물어?"

"그냥. 궁금해서."

"시뮬라크르에서 우연히 만났어."

"처음부터 가면을 쓴 거야?"

"응? 그랬어. 시뮬라크르에서는 얼굴이 실제에 가깝기 때문에 얼굴을 가리는 것은 허용하고 있어. 바꾸지는 못하지만."

"왜 가리지?"

"그거야 나도 모르지. 가리면 어때? 그건 개인의 자유일 뿐이야. 익명이 필요하면 가릴 수도 있는 거지."

"목소리도 이상해. 어딘가 인공적인 느낌이 들어."

"그래? 난 별로 생각 안 해 봤는데."

영우의 격투기 수련이 잠시 중단되었다.

"왜 날 격투기 시합에 끌어들였어?"

영우가 물었다.

"그거야 그 녀석이 나오는 싸우지 않겠다잖아."

"가상 공간에서 싸워서 뭘 해."

"어디서 싸우든 이기면 되는 거 아냐?"

마리가 반문했다.

"가상 공간에서 이기는 게 어떻게 현실에서 이기는 것과 같아?"

"넌 네 자신을 속이고 있어."

마리가 차갑게 말했다.

"뭐? 나를 속이고 있다고? 아무래도 좋아. 난 절대 가상 공간이 현실이 될 수 없다고 생각해. 가상은 가상일 뿐이야."

영우의 목소리에 약간의 감정이 섞여 있었다.

"가상과 실제를 왜 구분해? 내가 존재하고 있다는 것은, '나'와 '나'의 대면, 그리고 '나'와 '세상'의 대면이 있기 때문 아냐? 가상과 현실의 차이는 나와 세상이 대면하는 차이와 다를 바가 없어. 문제는 세상이 내게 어떤 의미로 다가오느냐 하는 거야. 나를 대하는 사람들의 진실이, 또는 내가 세상을 대하는 진실이, 가상이냐 현실이냐보다 더 중요하지 않을까."

"뭘 말하려는 거야?"

"지금까지 나는 이 세상을 살면서 아무런 신뢰를 얻지 못했어. 까뮈의《이방인》을 봐. 뫼르소는 존재의 진실 속에서 세상을 보려고 해. 그렇지만 세상은 그렇지 않아. 뭔가의 틀로 재단을 하려고 하지. 그게 까뮈가 말하는 부조리일 테지만 나는 거짓과 위선을 봤어. 그래서 세상이 싫어. 내가 육체적으로 속해 있는 현실이 중요하지 않은 건 아냐. 하지만 모두가 가짜 마음으로 산다면 그 현실은 별 의미가 없다고 생각해. 만약 가상 공간에서 진실한 대면을 한다면 현실보다 오히려 더 인간다운 곳이 될 수도 있어."

"그걸 인정할 수 없다는 거야. 가상 공간 자체가 허상이기 때문에 사람들은 진실하게 서로를 대하지 않아. 그럴 필요가 없는 거지."

"그렇다고 현실에서 사람들이 진실하게 대해?"

마리도 목소리에 힘이 들어갔다.

"그래도 현실은 현실이야. 가상 공간은 진짜로 서로가 대면해 있지 않기 때문에 얼마든지 자신을 감추고 위선적으로 행동할 수 있어. 가상은 결코 인간 심리의 한계를 벗어나지 못해. 사람들은 남들이 보지 않을 때, 얼마든지 위선적일 수 있지."

"바로 그거야. 사람들은 남들 앞에서는 훌륭한 척, 잘난 척, 온갖 허세와 위선과 가식으로 행동해. 사람과 사람 사이에 진실이 있다고 생각해? 현실이 오히려 허상이야."

"지금 논의의 핵심을 벗어났어. 그건 가상 공간에서도 마찬가지잖아. 인간관계가 진실이냐 위선이냐는 철학적인 문제야. 그게 가상 공간과 현실의 문제는 아니지."

"그래, 설사 네 말처럼 논의의 핵심에서 벗어났다 치자. 만약 인간관계의 진실에 대한 문제가 해결되지 않으면 가상이냐 현실이냐의 문제도 해결될 수 없어. 인간관계가 진실한지 아닌지도 알 수 없는데 가상이건 현실이건 뭐가 중요해."

영우는 할 말이 없었다. 뭔가 진짜 중요한 얘기를 하고 싶었지만 얘기가 계속 겉돌고 있는 것 같았다.

"연습이나 해."

마리의 주먹이 날아들었다. 영우는 몸을 뒤로 빼면서 왼팔로 막았다. 순간 마리가 한 바퀴 돌면서 백스핀 블로우를 날렸다. 굉장히 빨랐고 파워가 엄청났다. 영우는 가까스로 공중제비를 하면서 피했지만 간담이 서늘했다. 제대로 걸리면 케이오를 면치 못할 것 같았다. 마리는 한 번 더 몸을 완전히 360도 돌리면서 착지하는 영우의 다리를 걸어찼다. 마리가 몸을 틀면서 다음 공격을 해올 거라는 것을 알고 있었지만 공중에서 다음 동작을 어떻게 해야 할지 몰라 영우는 어쩔 수 없이 걸려들었다. 그대로 나가 떨어졌다. 숨을 쉴 수가 없었다. 모든 것이 한순간 멈춰진 듯했다. 마리의 얼굴이 가물가물 보였다.

꽤 긴 시간이 흐른 뒤 겨우 숨이 돌아왔다. 영우는 몸을 일으키고 왼쪽 손을 바닥에 누른 채 가쁜 숨을 쉬었다. 마리가 말했다.

"좀 안다고 건방 떨다 그 꼴 되기 일쑤라니까. 공중제비는 몸이 바닥에서 떨어지기 때문에 굉장히 허점이 많은 동작이야. 상대방의 공격에 대한 면밀한 대비 없이 함부로 썼다간 몇 군데 부러져도 할 말이 없지."

영우는 겨우 몸을 일으켜 세워 자세를 고쳐 잡았다. 마리는 엉거주춤 서 있었지만 빈틈이 없었다. 영우는 짧은 스텝으로 두세 걸음 앞으로 나아가 곧바로 앞발을 들어 마리의 얼굴을 향해 정면으로 뻗었다. 그 동작이 거의 0.1초도 안 되게 빨라서 마리가 몸을 뒤로 빼다 넘어졌다. 넘어지면서 마리는 왼발로 영우의 한쪽 다리를 걸어찼다. 이미 한 발을 들고 있는 상태에서 영우는 다시 균형을 잃고 공중에 떴다 떨어졌다. 엉덩이가 아팠다. 화가 치밀었다. 뭔가 될 듯한데 간발의 차이로 자꾸만 공격을 당해 아쉬웠다.

화가 치민 영우는 정교한 공격보다는 마구잡이로 팔을 휘두르며 달려들었다. 그러나 그것은 무모한 짓이었다. 마리는 요리조리 피하다 허점을 찾아내 주먹을 날렸다. 영우는 가슴팍을 맞고 앞으로 쓰러졌다. 가슴이 뻐근하게 아팠다.

"마음을 다스리지 못하면 절대 상대를 이길 수 없어. 그래서 격투기는 자신과의 싸움이라고 했잖아."

마리가 약간 거칠게 숨을 몰아쉬며 말했다.

"못 해 먹겠어. 이래 가지고 어떻게 종석을 이기겠어."

영우가 푸념을 터뜨렸다.

"더 연습해. 시간은 충분해. 얼마든지 할 수 있어."

"아니 어떻게 이틀 동안 배워서 무술의 고수라는 녀석을 이길 수 있겠어. 난 못해."

"이미 승부는 시작됐어. 되돌릴 수 없어. 네가 지면 우린 둘 다 종석의 노예가 되는 거야. 그 녀석이 얼마나 거들먹거리면서 우릴 괴롭힐지 한번 상상해 봐. 네 손에 달렸어."

영우는 끔찍했다. 지금도 충분히 끔찍한데, 더 시달릴 걸 생각하니 앞이 깜깜했다.

"격투기 영상들을 보면서 혼자 연습해 봐. 난 일이 있어서 먼저 가."

마리는 그렇게 말하고 무도장을 빠져나갔다. 영우가 뭐라고 말할 기회도 주지 않고 순식간에 시야에서 사라졌다.

영우는 한참 바닥에 앉아 있다가 일어나서 격투기 영상을 불러내 혼자 연습하기 시작했다.

제가 범인입니다

이틀 뒤 수학 시간이었다. 사스콰치의 표정이 심상치 않았다. 수학 선생님은 작정을 하고 온 듯 책을 아예 펴지도 않았다. 학생들을 둘러보는 눈빛이 사나웠다. 학생들은 모두 올 것이 왔다고 생각하고 있었다. 아직 문제가 완전히 풀린 것은 아니었다. 벌써 소문은 아이들 사이에 퍼져 있었다. 마리가 시험 문제를 해킹했다는 것이었다. 그건 아마 사스콰치도 짐작하고 있는 것일 터였다. 그날 사스콰치가 의미심장한 미소를 짓고 간 것을 학생들은 잊지 않고 있었다.

마리는 표정 없이 앉아 있었다. 영우는 불안했다. 마리가 잘 버텨 낼지 걱정도 됐다. 자신들도 똑같은 희생자들이면서도 학생들은 눈앞의 비만 피하면 된다는 생각으로 애써 상황을 외면하고 있었다. 어쩌면 모두들 희생자는 한 명으로 충분하다고 생각했을지도 모른다.

사스콰치는 창가 쪽에 놓인 책상 앞에 앉았다. 두 팔을 책상 위에 올려 깍지를 끼고 마치 심문하는 검사처럼 말했다.

"범인은 이 안에 있다. 스스로 자백을 한다면 정상참작이 있을 것이다. 하지만 끝까지 잘못을 인정하지 않는다면 공개적으로 조사할 수밖에 없다. 이것이 세상에 알려지면 범인은 퇴학은 물론이고 경찰 수사도 받게 될 것이다. 학교도 난리가 나겠지. 교장 선생님도 무사하지 못할 거고, 너희들도 조사를 받겠지. 호미로 막으려다 가래로 막는 격이 되는 거지."

수학 선생님은 마치 게임을 즐기는 것 같았다. 협박을 하고 겁을 주는 것 자체가 즐거운 모양이었다.

"너희들 모두를 뺑뺑이 돌리려다 참았다. 고마워들 해. 범인 하나만 잡으면 사건을 묻을 수도 있어. 일이 커지면 나도 귀찮아지니까."

학생들의 시선이 서서히 마리에게로 쏠렸다. 마리는 가만히 고개를 숙이고 있었다. 학생들의 시선이 자신에게 쏠리고 있는 것도 모르는 것 같았다. 영우는 속이 뒤집힐 것 같았다. 범인에 대한 증거가 전혀 없는데도 마치 당연한 것처럼 학생들이고 선생님이고 마리를 범인으로 몰아가는 것이 완전히 마녀사냥처럼 보였다. 마리가 다른 때와 다르게 가만히 있는 것도 답답했다. 일어나서 뭐라고 변명을 해야 하지 않는가 말이다.

"저 친구가 수업 시간에도 이어폰 끼고 있는 것을 왜 눈감아 주는지 아나?"

선생님이 뜬금없이 이어폰 얘기를 꺼냈다. 학생들의 눈길이 이번에는 선생님 쪽으로 몰려갔다.

"또 엉뚱한 짓을 할까 봐 내버려 두는 거야. 저 친구 전 학교에서 무슨 짓을 했는지 알아? 창문에서 뛰어내리려고 했어."

학생들이 놀라는 표정을 지었다. 몇몇 학생들은 이제야 알겠다는 듯 고개를 끄덕였다.

"전력이 있어. 그 학교에서도 시험 문제를 빼돌렸다가 들켰지. 결백을 증명하겠다면서 건방지게도 창문에서 뛰어내리려고 했어. 그 선생 간담이 서늘했을 거야. 자기 수업 시간에 그런 일이 생기면 그 선생은 백 프로 쫓겨난다고 봐야지."

선생님 입으로 범인이 마리라고 한 거나 마찬가지였다. 그래도 마리는 가만히 있었다. 마리는 지금 무슨 생각을 하고 있을까. 사스콰치의 인격 모독이 계속됐지만 웬일인지 마리는 잠자코 굳어 있을 뿐이었다. 영우는 화가 끓어올랐다. 설사 마리가 범인이라고 하더라도 저렇게 야비하게 비아냥거리는 것은 있을 수 없는 일이라고 생각했다. 분노가 치밀었지만 영우는 어쩌지 못하고 있었다.

"빨리 자백하고 끝내지. 아까운 시간이 흘러가고 있잖아."

종석이었다. 아주 잘됐다는 표정이었다. 영우는 화가 치솟았다. 당장 종석에게 달려들고 싶었다. 학생들 사이에서 수군거리는 소리가 났다. 아마도 다른 학생들도 모두 종석과 같은 심정이리라. 빨리 범인이 잡혀서 일이 마무리 되고 이 사건을 잊어버리고 싶을 것이다.

이윽고 선생님이 말했다.

"됐다. 너희들도 범인이 누군지 알 것이다. 고문관은 될 수 있으면 건들지 않는 게 나아. 쓸데없이 골치 아파질 수 있거든. 이번에는 이 정도로 넘어가겠지만 또다시 이런 일이 생긴다면 그때는 어느 누구라도 용서하지 않을 것이다. 이 일은 여기서 끝낸다. 말이 새면 너희들 모두가 피해자가 된다는 걸 명심해. 자, 수업 시작하자."

선생님은 교과서를 들고 칠판으로 돌아섰다. 그때였다. 마리가 자리에서 일어났다.

"제가 범인입니다."

영우는 깜짝 놀라 자기 귀를 의심했다. 범인이라니 그게 무슨 말인가. 지금까지 한 마디 변명도 하지 않다가 갑자기 일어나서 본인이 범인이라고 자백하다니, 말이 되는 소린가. 학생들도 모두 마리에게 고개를 돌렸고, 선생님도 분필을 놓고 돌아섰다.

"제가 범인이라고 공개적으로 알리겠습니다."

"뭐라고?"

사스콰치의 눈이 커졌다.

"도대체 뭘 먹은 청개구리야. 입 다물고 있을 때는 언제고, 뭘 어쩌자는 거야."

"그러기 전에 먼저 왜곡된 사실부터 해명해야겠습니다. 저는 지난

번 학교에서 시험지를 빼돌린 적이 없습니다. 시험 시간에 부정 사건이 발생했고, 학생들의 가방을 조사하는 과정에서 제가 가지고 있던 문제지가 시험 문제와 너무 유사해서 선생님들이 오해를 했습니다. 저는 다만 문제지에서 시험에 나올 만한 것을 추려 낸 것뿐이었습니다. 이상한 소문이 돌기는 했지만 담당 선생님이 문제를 유출한 것은 아니라고 분명하게 밝혔습니다. 제가 무슨 수로 시험 문제를 빼돌릴 수 있겠습니까. 그것 때문에 제가 창문에서 뛰어내리려고 했다고 하셨는데, 그런 일이 있기는 했지만 그것은 시험지 사건과 아무 관련 없는 일이었습니다."

"하긴 네 친구가 죽었지?"

사스콰치가 끼어들어 한 마디 했다. 학생들 사이에서 다시 수군대는 소리가 났다. 영우는 선생님이 해도 너무한다는 생각이 들었다. 어떻게 학생들 앞에서 지극히 개인적인 일을 저렇게 까발릴 수 있단 말인가. 저러고도 선생이라 할 수 있을까.

"그것에 대해서는 답변하지 않겠습니다. 제가 '침묵'을 적어 낸 것은 침묵하고 싶었기 때문이었습니다. 저도 메일을 받았습니다. 저는 메일의 내용에 전적으로 공감했습니다. 무엇 때문에 우리가 정직해야 하는지 생각해 볼 기회를 주었습니다. 많이 배운 사람들이 더 나쁜 짓을 하는데 왜 정직해야 합니까. 정직하면 오히려 손해를 보는데 누가 바보처럼 정직하려고 하겠습니까. 경쟁에서 이기는 것이 사회에 나가서 무슨 수를 쓰든 이기기만 하면 된다는 말과 같은 뜻이라면, 시험지를 훔쳐본 것 때문에 우리가 도덕적으로 양심의 가책을 받을 이유는 없다고 생각했습니다."

"그게 말이 되는 소리야?"

선생님의 언성이 높아졌다. 그러나 마리는 눈썹 하나 까딱하지 않고 말을 계속했다.

"제가 끝까지 침묵하려고 했던 것은 선생님의 뜻에 따르기 위해서였습니다. 저도 사건이 더 확대되지 않기를 바랐습니다. 만약 저 혼자만 쓴 '침묵'이라는 단어 때문에 제가 해킹을 한 범인으로 지목되더라도 참자, 그렇게 생각했습니다. 그런데 선생님은 처음부터 범인을 잡을 생각도 없으면서, 가상의 범인을 지목해 놓고 인신공격을 했습니다. 제가 해킹한 어떤 증거도 없는데 다만 남과 다른 행동을 했다는 한 가지 이유만으로 범인이라고 단정했습니다. 선생님은 사건을 해결하려는 의지보다 혹시나 원치 않는 불똥이 떨어질까 그것만 걱정하고 있습니다. 제가 다른 학교에서 불미스런 행동을 했다고 마치 전과자처럼 대했습니다. 그것까지는 참을 수 있었습니다.

하지만 제가 더는 참을 수 없었던 것은 비굴함입니다. 최소한의 정직마저 빌붙지 못하게 하는 비굴함. 학교에서 무슨 일이 터지면 무조건 덮으려고만 합니다. 누군가는 억울함을 호소하기 위해 목숨까지 내던지는데 학교는 사건의 진실은 보려고 하지 않고 감추려고만 합니다. 세상 어디에도 진실은 없는 것 같습니다. 감추고 덮고 묻어 버리려고만 합니다. 더는 비굴함에 굴복하고 싶지 않습니다. 제가 해킹한 사실을 공개적으로 밝히겠습니다."

마리의 말은 끝났다. 침묵이 흘렀다. 선생님은 수염이 덮인 입술을 잘게 씹었다. 마리가 자리에 앉았다. 선생님이 말했다.

"넌 정직하지 않아. 거짓말을 하고 있어. 네가 범인이 아니야. 누가 해킹했는지 아무런 증거도 찾아내지 못했어."

다시 침묵이 흘렀다. 당연히 마리가 벌떡 일어나 비굴한 것이 무슨 뜻인지도 모르냐고 소리칠 것 같았다. 그러나 마리는 일어나지 않았다. 더 이상은 아무 말도 하지 않았다. 선생님이 뭐라고 한참 떠들었다. 도대체 요즘 애들은 버르장머리가 없다느니, 교권이 무너졌다느니, 엉뚱한 소리만 계속 해댔다.

"수업 못하겠다. 자습해. 장마리는 교무실로 오고."

선생님은 욕설 끝에 마지막으로 한마디를 내뱉고 교실 문을 박차고 나가 버렸다. 마리는 곧장 교무실을 가지 않았다. 그 뒤 마리가 언제 교무실을 갔는지는 아무도 알지 못했다. 교무실에서 마리를 찾는 일도 없었다.

최후의 선택과 영원한 결정

영우는 브레인캡처를 쓰고 시뮬라크르에 접속했다. 바벨IIID에서 무도장으로 갔다. 무도장에는 아무도 없었다. 영우는 시범 무술을 클릭하고 훈련을 시작했다. 호기심이 일었다. 빨리 더 많은 것을 배우고 싶었다. 바깥에서 격투기 훈련을 받아 본 적은 없었다. 솔직히 한 번쯤 해 보고 싶었지만 좀처럼 기회가 없었다. 소심한 성격 때문에 용기도 나지 않았다. 하지만 시뮬라크르에서는 누구에게도 방해받지 않고, 주눅 들지 않고, 마음껏 할 수 있을 것만 같았다.

검은 도복을 입은 사람이 불쑥 나타났다. 가볍게 인사를 하고는 싸울 자세를 취했다. 그가 실제 인물의 아바타인지 컴퓨터가 만든 가상의 인물인지는 알 수 없었다. 영우의 눈앞 왼편에 작은 화면으로 시범 무술 장면이 나타났다. 실제로 그 장면처럼 앞에 있는 사람이 공격해 왔다. 영우는 몸을 피하면서 날아온 그의 팔을 잡은 채 펄쩍 뛰어 두 발로 그의 목을 조였다. 그리고 잽싸게 팔을 잡아당겨 꺾는 암바 자세를 취했다. 하지만 그도 만만찮았다. 그는 공중으로 뛰어올라 몸을 한 바퀴 돌리면서 막 걸려 들어가던 암바를 풀어 버렸다. 영우는 이 정도의 실력을 가진 상대방과 싸우며 팽팽히 맞서게 된 자신에게 흠칫 놀랐다. 영우는 언제 이렇게 실력이 늘었는지 알 수 없었다. 그런데 자기도 모르는 사이에 기술이나 방어 자세가 척척 머릿속에 떠올랐고 그대로 몸이 움직였다.

상대방이 유도 선수처럼 영우의 옷을 잡고 안다리로 발을 걸어 왔다. 영우는 잽싸게 발을 빼면서 그의 상체가 앞으로 기울어지는 것을 이용해 그대로 엎어치기를 했다. 그가 뒤로 나뒹굴며 나가떨어졌다.

그의 공격은 계속되었다. 끊임없는 발차기가 이어졌고, 복싱 선수처럼 좌우로 훅과 스트레이트를 날리며 들어오다가 느닷없이 로 킥과 하이 킥이 날아들었다. 가장 강력한 것은 몸을 날려서 무릎으로 턱을 가격하는 것이었다. 한 번 제대로 들어가면 최소한 기절이고 심하면 영원히 깨어날 수 없을 것 같았다.

이제 영우는 상대가 움직이고 나서 생각하지 않았다. 상대의 미세한 움직임의 변화에도 무슨 공격을 할지 예측한 것처럼 영우의 몸은 방어 태세로 움직였다. 사람은 공격할 때 아주 미세하지만 예비 동작을 하게 되어 있다. 예비 동작이 적을수록 고수인 것이다.

영우는 지쳐서 바닥에 드러누웠다. 투명한 천장 너머로 푸른 하늘이 보였다. 하얀 구름이 유유히 흘러가고 있었다. 구름은 빠르게 모양이 바뀌었다. 시원한 바람이 불어왔다. 마리가 내려다보고 있었다. 영우는 벌떡 일어나 앉았다.

"많이 늘었어?"

마리가 다정하게 물었다.

"덕분에."

영우가 대답했다.

영우는 학교에서의 일을 생각했다. 마리에게 이것저것 물어보고 싶은 것이 많았다. 마리는 정말 사건을 공개할까. 아니, 그보다 마리가 해킹을 한 게 정말일까. 며칠 전까지만 해도 아니라고 했다. 무엇이 진실인지 알 수 없었다.

"정말 해킹했다고 공개할 거야?"

마리가 영우를 돌아보았다.

"해킹된 사실을 공개하는 거야."

"무슨 말이야? 해킹된 사실이라니?"

"말 그대로야. 중간고사 수학 시험지가 해킹된 것을 세상에 알릴 거라고."

"네가 해킹했다는 것은 빼고?"

"당연하지. 내가 해킹하지도 않았는데, 뒤집어쓸 이유는 없잖아."

"뭐라고?"

영우는 눈이 휘둥그레졌다. 결국 마리는 해킹을 하지 않았다. 어쨌거나 사스콰치는 사건을 덮어 버리려고 하다가 도리어 들쑤시게 된 꼴이 되고 말았다.

"어떻게 그런 생각을……."

"비굴함이 싫다고 했잖아. 원수는 원수로 갚아야지."

"어쨌거나 사건이 커질 텐데."

"감당해야지. 사스콰치 스스로 끌어들인 일이니까."

"그건 무슨 소리야?"

"분명 사스콰치에 대해 나처럼 안 좋은 감정을 갖고 있는 친구의 짓일 거야. 적이 많으면 언젠가는 공격을 받는 거지."

"난 솔직히 너일지도 모른다고 생각했어."

"다들 그랬을 거야. 나도 그만큼 해킹 실력이 있었으면 무슨 짓을 했을지 모르지."

"메일을 받고 시험지를 본 친구들도 암묵적으로 해킹에 동의한 거나 마찬가진데, 어떻게 될까? 나도 그중에 하난데."

그 말을 하는 순간 영우는 조금 걱정이 되었다. 마리가 시험지 유출을 세상에 알리면 경찰이 찾아올 거고, 그러면 메일을 본 모두가 처벌을 받을지도 몰랐다.

"도덕적 책임은 면할 수 없겠지. 그보다 더한 짓을 하고도 버젓이 착한 놈 행세하는 사람도 많은데 뭘, 잊어버려."

"······."

문이 열리고 다스 베이더가 들어왔다.

"뭐 좀 찾은 거 있어?"

마리가 초조하게 물었다.

"몇 가지 있긴 한데."

다스 베이더가 약간 주저하며 말했다.

"다스 베이더에게 부탁했어. 네트워크에 연경에 관한 자료가 있는지 좀 찾아봐 달라고."

마리가 영우에게 말했다.

"연경에 대한 자료는 뭐하게?"

"며칠 전에 이상한 메일이 하나 왔어."

마리가 어두운 얼굴로 말했다.

다스 베이더가 허공에 손가락을 올려 클릭하자 작은 화면이 떴다. 손가락을 펴서 화면을 키우자 사진 한 장이 나타났다. 지금보다 앳돼 보이는 마리 옆에 어쩐지 차가운 인상의 소녀가 있었다. 짧은 머리에 또렷한 눈동자, 꼭 다문 입술, 갸름한 얼굴선이 날카로워 보였다.

"오른쪽에 있는 친구가 연경이야. 그런데 이상한 건 내가 연경과 이 사진을 언제 찍었는지 기억이 나지 않아."

영우는 사진 가까이 얼굴을 갖다 댔다. 조금이라도 더 자세히 보기 위해서였다. 연경의 모습은 상상했던 것과는 많이 달랐다. 서글서글

한 눈매에 착해 보이는 얼굴을 상상했었다.

"뒤에 배경도 어딘지 모르겠어."

두 사람이 클로즈업 되어 배경은 흐릿하게 퍼져 있었다. 어떤 건물 같은데 명확하지 않았다.

"흔히 있는 고층 빌딩의 외관이라 정확하게 어떤 건물인지는 알아내지 못했어."

다스 베이더가 배경 건물을 조사해 본 모양이었다.

"연경과 사진을 자주 찍지도 않았는데, 내가 기억하지 못하는 사진이 있다는 것도 이상해."

"혹시 연경과 마리의 얼굴이 합성된 건 아닐까."

영우가 말했다.

"합성한 것 같지는 않아."

다스 베이더가 짧게 말했다.

"죽은 연경이 보낸 거 아냐?"

영우가 농담을 했다.

"그렇게밖에 생각할 수 없다는 게 문제지."

오히려 다스 베이더는 진지했다.

"무슨 소리야? 죽은 사람이 어떻게 보내. 말이 되는 소리를 해."

마리가 신경질적인 반응을 보였다.

"메일을 보낸 주소는 평범한 포털 사이트야. 발신지를 감추기 위해서 포털 사이트의 스팸 메일로 위장했어. 발신지를 계속 역추적해 보니까 놀랍게도 연경이 전에 쓰던 메일 주소가 나왔어. 그러니까 죽은 연경이 보낸 꼴이 된 거지."

"말도 안 돼."

"물론 누군가가 조작했을 수도 있어. 아무튼 연경의 계정에서 연경이 쓴 것 같은 비밀 글을 하나 발견했어."

"뭐라고?"

마리가 놀라는 표정을 지었다.

다스 베이더가 새로운 창으로 비밀 글을 띄웠다.

*월 10일.

책상에 앉아서 공부를 하려고 마음을 다잡고 있는데 마리에게 문자가 왔다. 영화를 보러 가잔다. 별로 내키지 않지만 친구가 원하는 건데 함께 가기로 했다. 막상 집을 나오자 기분이 좋았다. 따분하게 방구석에 처박혀 짜증나는 수학 문제를 푸는 것보다 훨씬 나은 것 같았다. 마리는 어떻게 내 마음을 알고 문자를 보냈을까.

영화관 앞에서 마리를 만났다. 아주 화려하게 옷을 입고 나왔다. 평소 모습과 너무 달랐다. 몰라 볼 정도였다. 짧은 스커트에 빨간색 셔츠가 잘 어울렸다. 완전히 어른 같았다. 놀랍게도 영화는 청소년 관람불가였다. 아마도 일부러 어른처럼 보이려고 그렇게 차리고 나온 것 같았다.

나는 마리의 대담함에 혀를 내둘렀다. 마리에게 이런 모습이 있다니 아직 친구를 잘 모르고 있다는 생각이 들었다. 출입구 직원이 나를 아래위로 훑어보았으나 마리가 워낙 어른처럼 보여서 그냥 통과시켜 주었다.

영화는 그저 그랬다. 야한 장면이 좀 나오긴 했지만 대단치는 않았다. 스토리가 엉성해서 별다른 감동도 없었다. 영화관을 나와 우리는 햄버거도 사 먹고 아이스크림도 먹었다. 사람들 사이를 피해 가며 거리를 걸었다. 사람들의 밝은 모습을 보니 딴 세상 같았다. 행복해서 죽겠다는 얼굴들을 보면서 약간 질투심도 느꼈다. 마리도 나처럼 별로 말이 없는 친구라 그런 거리의 표정만 무심하게 바라보며 우린 걸었다. 집에 돌아오니 아무것도 하고 싶지 않았다. 컴퓨터를 켜고 인강을 보는 척하면서 음악만 들었다. 마리도 나처럼 음악을 좋아한다. 우린 정말 통하는 게 많은 것 같다. 마리가 좋다. 이런 친구를 사귀게 된 걸 신께 감사한다. 거듭거듭 감사.

*월 21일.

생물 노트가 사라졌다. 가방이랑 사물함을 다 뒤졌지만 끝내 찾지 못했다. 집에 돌아와서도 못 찾았다. 하긴 오늘 수업이 있었는데 안 가져갔을 리가 없다. 내가 노트 필기를 잘한다는 소문은 나도 들었다. 그래서 누군가가 훔쳐 갔나 보다. 굳이 그렇게까지 할 필요는 없었는데. 좀

빌려 달라고 하면 되었을 것을. 이상하다. 내가 그렇게 친구들 사이에 깍쟁이로 알려져 있나? 아무튼 아쉽다. 노트를 훔쳐 가야 하는 이 현실이 가슴 아프다. 그나저나 나는 시험 공부를 거의 노트에 의존해서 하는데 좀 걱정이 된다. 이런 일을 선생님에게까지 말하고 싶지는 않다. 일이 크게 벌어지는 것도 원하지 않는다. 누가 가져갔든 나 몰래 도로 갖다 주었으면 좋겠다. 어쨌든 가져간 친구에게 내 노트가 도움이 되었으면 하는 바람도 든다. 내가 생각해도 나는 참 착한 아이 같다. 자화자찬. 그래도 어쩔 수 없다.

#월 8일.

엄마 말이 옳을지도 모른다. 학교는 전쟁터다. 친구 사이에 우정은 존재하지 않는 것 같다. 자신의 이익을 위해서는 친구도 배신하고 팔아먹을 수 있다. 그래도 전혀 양심의 가책도 없는 것 같다. 선생님은 잔인하게도 싫어하는 친구를 적어 내라고 했다. 우리 반의 문제아를 그렇게 찾아내겠다는 것이다. 말이 되는 소린가. 공개 재판이나 마녀사냥보다 더하다. 그런데도 누구하나 이의를 제기하지 않는다. 우리들은 조금이라도 마음에 들지 않으면 서로 미워하고, 또 내가 가지지 못한 것을 가진 사람을 시기하고 질투한다. 꼭 상대에게 문제가 있는 건 아니다. 내 마음이 문제다. 그런데도 우리는 그것에 대해 아무 생각도 않는다. 다른 사람을 싫어하는 마음을 당연하다고 생각한다. 사람이 사람을 싫어하는 게 얼마나 힘든 것인지 모르는 모양이다. 진정으로 그 고통을 당해 보지 않았기 때문일 것이다. 나는 결국 아무도 적어 내지 못했다. 이런 현실을 거부하는 내가 왜 현실부적격자인가. 나는 철저하게 현실적이다. 현실이 날 거부하고 있을 뿐이다. 에리히 프롬이 말했던가. '인간이 가장 갈망하는 것은 자신의 고립성을 극복하는 것, 즉 자신의 고독한 감옥에서 탈출하는 것이다.' 하지만 갈망하는 만큼 고립은 더 잔인하게 조여 온다.

#월 16일.
내게 현실은 무엇인가. 그것이 내가 직면한 가장 핵심적인 난제다. 왜냐하면 무엇이 현실이냐에 따라 내 삶이 결정되기 때문이다. 과연 엄마가 지배하는 세상이 현실인가, 아니면 내가 지배하는 세상이 현실인가. 엄마는 무엇 때문에 존재하고 또 나는 무엇 때문에 살아 있는가. 세상을 지배하면 그는 필연적으로 독재자가 된다. 그러나 나는 나의 세계에서 독재자가 아니다. 나는 내가 독재자가 될 수 없음을 슬프게 이해하고 있다.

나는 두 세계에서 방황하고 있다. 나는 철두철미하게 시간을 따져 내가 더 많이 존재하는 세계를 나의 현실로 간주하려고 한다. 현실은 객관적인가? 어느 누구도 그것은 증명할 수 없다. 현실은 주관적이다. 나는 내가 원하는 세계가 무엇인지 알고 있다. 그 세계를 나는 나의 현실

로 이해하고 있다. 내가 원하는 행복한 세계가 현실이 아니고 무엇이
겠는가. 또 다른 현실은 너무나 춥고 어둡고 답답하고 잔인하고 폭력
적이지만 쉽게 포기할 수 없다. 그날이 오리라 희망한다. 죽음은 단지
두 세계의 경계일 뿐이다. 어느 세계든 내가 존재하는 세계다. 다만 이
세계에서 저 세계로 가기 위해서는 죽음이라는 경계를 건너야 한다.
경계를 자유롭게 넘나들기는 어려울 것 같다. 최후의 선택이 영원한
결정이 될 것이다.

#월 27일.
나는 조용히 살아갈 수도 있다. 모두를 속이고 뜻 없이 존재하지 않는
듯이 살아갈 수 있다. 하긴 지금까지 그렇게 살아왔는지도 모르겠다.
모두를 속이며 살아왔다. 마리에게도 진실을 말하지 못했다. 그럴 기회
가 없었다. 물론 변명이지만. 떠나기 전에 마리와 얘기를 나누고 싶다.
마리에게만은 모든 것을 말하고 싶다. 나는 현실을 부정하지 않는다.
겸허히 받아들인다. 하지만 결국 많은 것을 포기할 수밖에 없다. 어쩌
면 내 목숨마저도. 그것이 두렵고 무섭기도 하지만 어쩔 수 없다. 이것
또한 현실이기에.
마리에게 존 던의 시를 보냈다.
"인간은 그 자체로 온전한 섬이 아니다. 조각이 대륙의 일부이고 전체
에 속해 있는 것처럼. 사람들의 죽음은 내가 줄어드는 것이다. 왜냐하

면 나는 인류에 속해 있기 때문이다. 그러니 누구를 위하여 종은 울리는지 알려고 하지 마라. 종은 그대를 위하여 울리는 것이다."

마리에게서 답장이 왔다.

"물론 나는 알고 있다. 오직 운이 좋았던 덕택에 나는 그 많은 친구들보다 오래 살아남았다. 그러나 지난 밤 꿈속에서 이 친구들이 나에 대하여 이야기하는 소리가 들려왔다. '강한 자는 살아남는다.' 그러자 나는 자신이 미워졌다."

스크롤 되어 올라가던 글이 끝났다. 마리는 고개를 숙인 채 아무말도 없었다. 영우는 편지의 내용이 심상치 않음을 느꼈다. 짧은 침묵이 이어졌다. 이윽고 마리가 고개를 들었다.

"모두 내가 한 짓이야. 연경의 공부를 방해하려고 일부러 영화관으로 꾀어냈어. 노트도 내가 훔쳐 갔지. 연경의 말이 맞아. 난 연경을 혼자 독차지하려고 했어. 연경이 다른 친구에게 잘해 주는 것이 화도나고 질투도 났어."

마리의 목소리는 조금 떨렸다.

"노트는 돌려주지 않았어. 쓰레기통에 버렸지. 연경은 늘 내 걱정을 했는데, 나는 어떻게 하면 연경을 독점할까 그런 생각으로 연경을 감시했어. 때로는 나 자신을 이해할 수 없었어. 무슨 사이코패스처럼, 좋아하면서 왜 그렇게 질투를 했는지…… 나도 모르겠어."

마리는 두 손으로 얼굴을 감쌌다. 영우는 혼란스러웠다. 마리가 연경에게 보낸 시가 떠올랐다. '강한 자는 살아남는다.' 우연인지 다스베이더가 어두운 골목에서 자신을 구해 줄 때도 그런 말을 했었다.

"이제야 기억이 나. 어쩌면 까맣게 잊고 싶었나 봐. 싫어하는 친구를 써내라고 했을 때 연경을 썼어. 연경을 왕따시키면 연경은 오직 나만 좋아할 거라고 생각했어. 그게 이해가 돼? 연경은 몰랐겠지만 모두가 연경을 좋아했어. 연경은 아무도 써내지 않았다고 했잖아. 연경은 그런 친구야. 나는 이런 내 모습을 연경 앞에서 철저하게 감추었어. 연경은 정말 아무것도 몰랐을까. 어쩌면 모든 것을 알고 있었지만 모른 척했을 수도 있어. 내가 연경을 죽음으로 내몰았어."

마리의 어깨가 떨렸다. 마리는 고개를 들지 않았다. 영우는 아무 말도 못했다.

우리 모두는 잠재적으로 마리와 닮았다. 경쟁에서 살아남기 위해 친구를 배신해야 한다면, 하지 않을 자가 몇 명일까. 해킹한 시험지가 자신들의 손에 들어왔지만 단 한 명도 그것에 대해 도덕적으로 괴로워하지 않았다. 아니, 했겠지. 하지만 아무도 나서지 않았다. 선생님이 조건을 제시했을 때도 마리를 제외한 나머지 모두는 자백을 선택했다. 이것이 지금 우리 모두의 모습이었다.

영우는 마리에게 나도 똑같은 놈이라고 말하고 싶었지만 입이 떨어지지 않았다. 아무것도 할 수 없었다.

"내가 무엇을 할 수 있을까."

마리는 낮은 목소리로 조용히 말하고 고개를 들어 창밖을 내다보았다. 영우는 마리와 시선을 마주치지 않으려고 애썼다. 마리를 위로한다는 것이 까마득하게 느껴졌다.

"연경이 죽고 나서……."

영우는 차라리 듣고 싶지 않았다. 오히려 자기 안에 있는 말을 더 하고 싶었다. 하지만 지금 이 순간 자신이 할 수 있는 것은 침묵밖에 없다는 것을 알고 있었다.

"수업 시간에 머릿속에 아무 생각이 들지 않았어. 무엇이 나를 이끌었는지도 기억나지 않아. 자리에서 일어나서 창 쪽으로 걸어갔어. 창틀 위로 올라가 열린 창문으로 뛰어내렸어. 누군가 내 다리를 붙잡았지. 그때 떨어졌으면 친구 따라 자살한 친구라고 신문에 났겠지. 그렇게 난 죽지 못하고 자살 체험방을 만들었어."

"너무 자책이 심한 거 아냐?"

결국 영우가 한마디 했다.

"가끔씩 정말 간절하게 연경이가 보고 싶을 때가 있어. 연경은 날 미워하지 않겠지? 미워해도 좋아. 그래도 연경이가 보고 싶어. 넌 아마 이런 마음을 모를 거야. 알 수가 없지."

"알 것 같기도 한데."

영우가 말했다. 마리가 영우를 돌아보았다.

"네 마음을 온전히 알 수는 없겠지. 그런데 널 보면 조금은 알 것 같기도 해."

마리가 물끄러미 영우를 바라보았다. 영우는 얼굴이 붉어지는 것을 느꼈다.

"괜히 글을 찾아 준 것 같군."

다스 베이더가 끼어들었다.

"솔직히 감추고 싶던 것이었어. 내 책임이 아니라고, 내가 저지른 짓을 잊으려고 노력도 해 봤어. 하지만 잊을 수 없었어. 아무에게도 말하지 않았어. 오히려 지금 이렇게 들통이 나니까 속이 시원하다."

"그건 몰록 말처럼 자책이야. 이제 그 자학에서 벗어날 때도 됐어."

다스 베이더의 무미건조한 음성이 유난히 두드러졌다.

"연경을 볼 수만 있다면, 물론 불가능한 얘기지만, 용서받고 싶어. 연경은 틀림없이 그래 줄 거야. 다시 볼 수 있다면 얼마나 좋을까."

"당연히 그러겠지."

다스 베이더가 혼잣말로 중얼거렸다.

"연경이 죽기 전에 날짜를 예약하고 메일을 작성해 둔 게 아닐까."

영우는 분위기를 바꾸기 위해 처음 하던 얘기로 말머리를 돌렸다.

"그럴 가능성도 있는데, 문제는 마리가 그 사진을 기억하지 못한다는 것과, 왜 아무런 메시지도 없이 사진만 보냈을까 하는 거야."

다스 베이더가 잠시 말을 끊었다. 그리고 뭔가 골똘히 생각에 잠기는 듯하더니 화들짝 놀라며 말했다.

"가만, 왜 그 생각을 못했지."

영우도 마리도 다스 베이더의 행동에 눈을 크게 떴다.

"스테가노그래피일 수도 있어."

"스테가노그래피?"

"사진이나 영상 속에 특정 데이터를 심어 겉으로는 평범한 데이터인 것처럼 위장하고 데이터 속에 비밀 메시지를 숨기는 것을 스테가노그래피라고 해."

다스 베이더는 곧장 키보드를 불러내서 타이핑을 하기 시작했다.

"일단 스테그 분석을 해 보면 스테가노그래피인지 알 수 있겠지."

다스 베이더는 프로그램을 다운로드하고 명령어를 입력했다. 화면에 복잡한 문자들이 나타났다가 사라졌다. 잠시 시간이 흘렀다.

"스테가노그래피가 맞아. 곧 숨겨진 데이터가 나올 거야."

다스 베이더가 약간 긴장된 목소리로 말했다. 기계적인 냄새는 여전히 남아 있었다. 이윽고 화면이 다시 열리면서 글이 스크롤되기 시작했다.

"숨겨진 데이터야."

다스 베이더가 말했다.

우주는 과연 유일한가. 과거에는 지구 바깥에 무엇이 있는지 몰랐으며

태양은 유일한 존재로 생각되었다. 지금은 우리 은하에서만 수천 억 개의 태양이 있다는 것을 안다. 백 년 전만 해도 우리 은하가 우주의 전부인 줄 알았다. 지금은 우리 은하와 같은 은하가 이 우주에 수천 억 개가 있다는 것을 안다. 그렇다면 이제 새로운 의문이 생긴다. 우리 우주는 과연 유일한가. 우주도 수천 억 개가 존재하는 것은 아닐까.

물질은 입자이면서 동시에 파동이다. 원자핵 둘레를 돌고 있는 전자의 위치는 어디에 얼마만큼의 확률로 존재한다는 것만 알 수 있다. 이것은 전자가 원자핵 둘레 어디에도 존재할 수 있다는 말과 같다. 하지만 관측하기 전에는 전자가 어디에 있는지 알 수 없다. 관측하는 순간 전자는 어느 한곳에 존재한다. 관측하기 전에는 원자핵 둘레 어느 곳에도 있을 수 있다. 그것은 전자가 이곳저곳에 동시에 존재한다는 말과 같다.

사방이 완전 밀폐된 상자에 고양이와 방사성 물질이 들어 있다. 방사성 물질이 언제 붕괴해서 방사선을 방출할지는 아무도 모른다. 이것은 전자가 어디에서 발견될지 모르는 것과 같다. 다만 붕괴할 확률만 알 수 있는데, 이것은 전자가 원자핵 둘레에 존재할 확률과 같다. 방사성 물질이 붕괴하면 거기에서 나온 방사선이 망치를 떨어뜨리게 되고, 이 망치가 고양이를 쳐서 죽이게 된다. 그렇다면 우리가 상자를 열기 전에 고양이가 죽었는지 살았는지 알 수 있을까.

상자를 열어서 본다는 것은 전자를 관측한다는 말과 같다. 전자를 관측하면 어디에 있는지 알 수 있듯이 상자를 열어 보면 고양이가 죽었는지 살았는지 알 수 있다. 그러나 상자를 열어 보기 전에는 고양이가 죽었는지 살아 있는지 알 수 없다. 이것은 관측하기 전에는 전자가 이곳저곳에 동시에 존재한다는 것과 같다. 즉, 관측하기 전에는 고양이가 죽어 있기도 하고 살아 있기도 하다는 말이다! 상자를 열어 보기 전에는 모든 가능성이 중첩되어 있다가, 상자가 열린 순간 하나의 상태로 붕괴하는 것이다.

고양이가 살아 있거나 죽어 있을 수 있을까. 불가능한 일이다. 수많은 우주가 존재한다면 이 모순은 해결된다. 상자를 열었을 때 고양이가 죽어 있는 것을 보았다면 그것은 고양이가 죽어 있는 우주다. 상자를 열었을 때 고양이가 살아 있는 것을 보았다면 그것은 고양이가 살아 있는 우주다. 우주는 상자를 여는 순간 고양이가 죽어 있는 우주와 살아 있는 우주로 분기한다. 이렇게 우주는 관측할 때마다 여러 개의 우주로 분기한다.

C97368616D6268616C61BC327B7D

"뭐야 이게?"

영우가 소리쳤다.

마리는 멍한 표정으로 화면 끝에 정지해 있는 스크롤된 글을 바라보고 있었다. 다스 베이더는 가만히 있었다. 짧은 시간이 흘렀다. 투덜대던 영우가 다시 소리쳤다.

"그러니까 연경이 살아 있는 우주가 있고, 죽어 있는 우주가 따로 있다는 말인가? 지금 여기는 죽어 있는 우주?"

영우는 자신이 말해 놓고도 이해할 수 없는지 고개를 갸우뚱했다.

"그, 그래. 그런 뜻인지도 몰라. 그렇다면 이건 연경이 보낸 메시지가 맞아. 그러니까 다른 우주에서 자신이 살아 있다는 것을 메시지로 보내 온 게 아닐까?"

마리가 더듬거리며 말했다.

"다른 우주라니……. 그럼 이 사진도 다른 우주에서 왔다는 거야? 말도 안 돼."

영우가 말했다.

"어디선가 우주는 11차원이라는 얘기를 들은 적이 있어. 우리가 알고 있는 4차원보다 더 높은 차원은 우리의 감각기관으로는 인식할 수 없다고 했어. 그러니까 우리가 인식할 수 없는 차원을 통해 다른 우주에서 메시지를 보냈을 수도 있잖아."

마리의 목소리는 떨렸다. 방금 전까지만 해도 자책의 늪에서 헤어 나오지 못하고 있었는데, 한순간 희망의 빛을 본 듯한 표정이었다.

"도저히 못 믿겠어. 이건 누군가 장난을 친 거야."

영우는 고개를 좌우로 흔들었다.

"여긴 네트워크 안이야. 전자가 돌아다니는 공간이라고. 바깥세상과는 분명히 다른 뭔가가 있을 거야."

이제 마리의 목소리는 확신에 차 있었다.

"맞아. 이 글이 잘못된 것은 없어."

다스 베이더가 차분하게 말했다.

"이건 양자역학에서 나오는 평행우주 이론이야. 양자역학은 오늘날 수많은 분야에서 응용되고 있어. 텔레비전, 컴퓨터, 자기공명장치 등 많은 장치들이 양자역학의 원리로 만들어졌어. 원자나 전자 같은 물질의 기본을 이루는 미시세계에서는 양자역학이라는 물리학이 작동하고 있어. 하지만 양자역학의 원리는 과학자들조차도 이해하기 힘들 정도로 난해하지."

"나만 어려운 게 아니군."

영우가 말했다.

"한 물질이 동시에 두 곳에 존재할 수 있다는 것은 상식적으로는 이해할 수 없지. 하지만 직접 실험으로 밝혔기 때문에 믿지 않을 수 없는 것이기도 하지. 평행우주 이론은 한 마디로 이런 거야. 한 전자가 A라는 위치와 B라는 위치에 동시에 존재한다면, A와 B는 서로 다른 우주라는 거지. 살아 있는 고양이와 죽어있는 고양이도 마찬가지로 동시 존재할 수 없기 때문에 둘은 다른 우주에 있다는 거고."

"그런데 그게 고양이나 사람 같은 거시적 존재에도 해당한다는 거야?"

"평행우주 이론가들은 그렇게 믿고 있지."

"그렇게 믿는 것뿐이지 실제로 있는 것은 아니잖아."

"양자역학은 미시세계에 대한 이론이지만, 거시세계에서도 적용될 수 있어야 모순이 없는 이론이라고 할 수 있지. 왜냐하면 거시세계의 존재들도 사실은 전자나 원자로 이루어져 있잖아. 그래서 슈뢰딩거가 상자 안에 든 고양이 실험을 생각한 거야."

"슈뢰딩거가 누구야?"

"양자역학의 핵심 원리를 발견한 유명한 과학자지. 상자 안에 든 고양이 실험은 슈뢰딩거의 고양이로 알려진 유명한 사고 실험이야. 실제 실험을 하는 것이 아니라 머릿속으로만 하는 실험을 사고 실험이라고 해."

"어쨌든 평행우주 이론은 내가 이걸 먹을까 저걸 먹을까 학교에 갈까 말까 고민할 때마다 우주가 계속 분기한다는 거야? 지구에 사는 수십 억 인구가 다 선택할 때마다 새로운 우주가 생긴다면 엄청나게 많은 우주가 생기겠네?"

영우가 약간 비꼬듯이 말했다.

"그건 너의 선택일 뿐이고, 너와 얽힌 우주가 분기하는 것은 누군가가 너를 관측했기 때문이지."

"아이고! 골치야. 이게 양자역학이란 거군."

영우가 머리를 감싸 쥐었다.

"어쨌든 이 사진과 메시지가 연경으로부터 온 거라면 그곳이 평행 우주든 어디든 연경이 살아 있다는 거잖아."

마리가 진지하게 말했다.

"하지만 평행우주 이론은 그야말로 이론일 뿐 증명할 수는 없어. 그리고 평행우주 사이에 상호작용도 일어날 수 없어. 다시 말하면 어떤 식으로든 소통할 수 없다는 거야."

"여긴 네트워크 안이고 전자의 바다야. 미시세계지. 거시세계에서는 모르겠지만 미시세계에서는 소통이 가능할 수도 있잖아."

마리가 말했다.

"평행우주가 존재한다는 것이 증명만 된다면 가능할 수도 있지. 만약에 저쪽 우주가 이쪽 우주보다 과학기술이 훨씬 발달해 있다면 네트워크를 통해서 소통하는 방법을 알아냈을 수도 있지."

"내가 하고 싶은 말이야. 마지막에 적힌 숫자들이 그것에 대한 암시가 아닐까. 소통에 대한 암호 같은 것일 수도."

마리의 목소리에는 간절함마저 배어 있었다.

마리는 연경이 어디에 있든 살아만 있다면 얼마나 좋을까 생각했다. 과학이론이 옳고 그른 것은 관심 밖이었다. 네트워크 자체가 벌써 믿기 어려운 놀라운 세계가 아닌가. 다스 베이더의 말처럼 저쪽 평행 우주가 굉장히 발달된 우주라면, 이쪽 우주에서는 평행우주의 존재를 증명하지 못하지만 저쪽 우주에서는 증명했을 수도 있지 않을까. 그렇다면 저쪽 우주에서 보낸 메시지를 받았을지도 모른다.

"믿을 수 없어. 살아 있거나 죽어 있는 상황이 중첩되고, 그 두 가지 상황은 누군가의 관측에 의해 서로 다른 우주로 분기된다? 도저히 못 믿겠어."

영우가 중얼거렸다.

"나도 좀 얼떨떨한 건 사실이야. 차분하게 검토를 해 봐야겠어."

다스 베이더가 말했다.

잠시 아무도 말이 없었다. 다스 베이더가 자리에서 일어났다. 나가려다 말고 돌아서서 말했다.

"아참, 아도겐에 접속할 수 있는 인터페이스 프로그램 만들어 뒀어. 시뮬라크르에 있는 게임방 중에 아도겐을 추가했고, 거기에 들어가면 자동으로 접속이 될 거야."

"고마워."

마리가 말했다.

다스 베이더는 대꾸도 없이 빠른 걸음으로 무도장을 빠져나갔다.

"연습 더 할 거야? 나도 생각 좀 해야겠어."

마리가 나갈 뜻을 비쳤다.

"그래, 난 연습 더 할게. 내일 봐. 시합에 올 거지?"

"당연하지."

아도겐 경기

다음 날 학교는 조용했다. 마리는 아직 시험지 해킹 사건을 인터넷에 올리지 않았다. 어제 무도장에서 다스 베이더와 나눈 얘기들이 계속 머릿속을 맴돌아 아무것도 할 수 없었던 것이다. 과연 평행우주는 존재하는 것일까, 만약 존재한다면 정말 연경과 소통할 수 있을까, 이런 생각들만 머릿속을 꽉 채우고 있었다.

학생들은 인터넷이 조용한 걸로 봐서 마리가 아직 글을 올리지 않았다고 짐작했다. 그렇게 말은 했지만 마리도 쉽게 결정하기는 어려울 것이라고 다들 생각하고 있었다. 해킹한 시험지를 본 친구들은 불안한 심정이었다. 불똥이 어떻게 튈지 알 수 없기 때문이었다. 수학 수업이 없는 날이라 사스콰치와의 대면은 없었다.

영우는 종석과 시합 시간을 정했다. 저녁 8시였다. 학교에 있는 동안 내내 종석은 영우를 괴롭혔다. 네가 무슨 싸움을 하겠느냐, 차라리 지금 포기를 해라, 그럼 이제는 마리가 내 앞에서 무릎을 꿇을 거다, 기필코 마리의 코를 납작하게 만들고 말겠다……. 끝없이 떠들어 댔다. 종석은 영우랑 싸우는 것이 아니라 마리와 싸우고 있었다. 영우는 영락없이 마리의 대타였다.

종석의 떠드는 소리에 반 아이들 대부분이 무슨 일이 벌어지는지 알게 되었다. 그걸 안 이상 그들이 모른 척하지는 않을 것이다. 그들 가운데 아도겐을 모르는 사람은 없었다. 그들도 분명히 아도겐에 들어와 종석과 영우의 시합을 볼 것이다. 영우는 일이 점점 커진다는 생각에 마음이 무거웠다. 만약 종석에게 진다면 영우는 학교에서 더 바보가 될 것이다. 하지만 만약 종석을 꺾는다면 하루아침에 영웅이 될 수도 있었다. 영우는 모르는 일이었지만 종석은 아도겐에서 거의 최상위 레벨까지 올라간 초고수였다. 아도겐을 해 본 친구들은 종석을 모르는 사람이 없었다. 그가 아도겐에서 얼마나 이름을 날리고 있는지, 그것 때문에 종석은 학교에서도 대접을 받고 있는 것이다.

영우는 점점 자신감을 잃었다. 시합을 포기할까 하는 생각도 해 봤다. 마리를 돌아보았다. 마리는 이어폰을 끼고 뭘 하는지 하루 종일 고개를 숙이고 있었다. 한 번도 영우와 눈을 맞추지 않았다. 영우는 불안한 심정으로 안절부절못하며 시간을 보냈다. 마리가 이제 와서 자기에게 힘이 되어 주지 않고 매정하게 대하고 있다고 생각하니 배신감마저 들었다. 처음부터 자신은 아무 관계도 없는 상황에 떠밀리지 않았던가. 종석과 마리의 싸움에 끼어들어 이 지경이 되었으니 마리의 태도에 실망하는 것도 어쩌면 당연한 것이었다.

영우는 시합을 포기하고 싶다는 말이 목구멍까지 올라왔지만 차마 그것을 입 밖으로 꺼내지 못했다. 싸우지 않겠다는 말을 할 용기가 없었던 거였다. 시간은 흘렀고 수업은 끝났다. 영우는 교문을 나섰다. 고가 철도에서 전동차 지나가는 소리가 무심하게도 철거덕거렸다. 마리는 아예 보이지도 않았다. 마리에 대한 원망감이 더 깊어졌다. 다스 베이더가 생각났다. 둘의 다정한 모습이 눈앞에 그려졌다. 질투심이 솟아났다. 마리는 다스 베이더를 좋아하고 있었다. 그건 분명한 것 같았다. 나 따위는 안중에도 없을 것이라고 영우는 생각했다. 지금 같은 때 마리가 옆에서 열심히 싸우라고 말해 준다면 영우는 어차피 벌어진 일 죽기 살기로 붙어 봐야겠다는 생각을 했을 것이다. 그러나 격려해 주리라 믿었던 마리가 옆에 없자 영우는 완전히 의지를 상실했다. 하긴 지금이라도 포기하면 그만이었다. 영우는 생각의 갈피를 잡지 못하고 오락가락했다.

집에서 도착해서 씻고 책상 앞에 앉았는데 영 기운이 나지 않았다. 그저 불안하고 암울하기만 했다. 종석에게 얻어맞을 생각을 하니 벌써부터 얼굴이 후끈거리고 눈앞이 아찔했다. 시간은 점점 흘러갔다. 저녁을 먹고 잠시 쉬니 7시였다.

영우는 시뮬라크르에 들어갔다. 게임방들을 찾았다. 수백 개가 넘었다. 이렇게 많은 게임들이 있나 싶었다. 사람들이 정말 게임을 좋아하는구나 하는 생각도 들었다. 드디어 아도겐을 발견했다. 아직은 시간이 남아 연습을 하러 무도장으로 갔다. 무도장에는 아무도 없었다. 영우는 시범 프로그램을 열고 혼자 연습을 시작했다.

시범 난이도를 상향 조정했다. 시범자의 동작이 아주 빨라졌다. 영우는 가상으로 시범자와 겨루기를 했다. 그가 동작을 취하는 순간 영우는 방어 동작을 떠올리고 곧바로 방어 태세를 취했다. 이제는 동작이 먼저인지 생각이 먼저인지 미세한 시간 차이를 느끼지 못할 정도로 영우의 움직임은 빨라졌다. 영우는 시범자에게 난이도가 높은 기술을 요구해서 같은 동작을 계속 반복했다. 무에타이, 택견, 유도, 복싱, 심지어 브라질 무술인 카포에라까지, 인간이 몸을 이용해서 상대를 제압하는 다양한 무술들이 시범자의 동작에서 나왔다.

온몸이 땀범벅이 될 즈음 영우는 시간을 확인했다. 7시 50분에 가까워지고 있었다. 영우는 무도장을 나와 게임방으로 갔다. 아도겐 방의 문을 열었다. 대진표가 눈앞에 나타났다. 같은 시간에 수십 명의 시합이 예정되어 있었다. 영우는 자신의 닉네임을 찾았다. 몰록 vs 크로캅. 크로캅은 종석의 닉네임이었다. 영우는 잠시 망설였다. 이걸 누르는 순간 자신은 종석과 대결을 해야 한다. 과연 종석을 이길 수 있을까. 소문으로 봐서는 거의 이길 수 없을 것이다. 하지만 여기까지 와서 포기할 수는 없었다. 마리의 얼굴이 떠올랐다. 오늘 하루 종일

말 한마디 나누지 못한 것이 못내 아쉬웠지만 마리를 위해서도 시합을 포기할 수는 없었다. 지더라도 떳떳하게 싸운다면 마리도 크게 실망하지는 않을 것이다. 영우는 손가락으로 둘의 대진표를 눌렀다.

콜로세움처럼 생긴 거대한 원형 경기장이 눈앞에 나타났다. 천장에서 뿜어 대는 강력한 불빛과 잡다한 수많은 소리들에 영우는 한순간 딴 세계에 왔다는 느낌이 들었다. 영우가 들어서자 스포트라이트가 곧장 영우를 향해 날아왔다. 영우는 눈을 찡그렸다. 불빛이 너무 강렬했던 것이다. 사람들의 시선이 영우 쪽으로 쏠리고 함성이 거대한 파도처럼 울려 퍼졌다. 하지만 영우 귀에는 한두 마디의 야유가 더 크게 들려왔다.

"처음 보는 선순데."

"완전 애송이잖아."

대부분의 관중들은 종석의 닉네임인 크로캅을 보고 입장했을 것이다. 아도겐에서 종석의 인기는 최고였다. 영우는 심장이 쿵쾅거렸다. 이런 경기장에서 시합을 할 줄은 상상도 못했다. 자신과 같은 초보자가 뛸 수 있는 장소가 아니었다. 이것도 아마 상대가 종석이기에 가능했을 것이었다. 영우는 숨이 막혔지만 내색하지 않고 하얀 불빛이 폭포처럼 쏟아지고 있는 경기장 가운데를 향해 걸어갔다. 링 가까이 다가가자 관중들의 소리는 더욱 커졌다. 정신이 얼얼할 지경이었다. 스포트라이트는 영우를 따라 계속 움직였다. 영우는 링으로 올라갔다. 우 하는 야유 소리가 진동처럼 울렸다. 영우는 관중석을 둘러보았지만 마리나 다스 베이더는 보이지 않았다. 차라리 안 오길 잘했다고 생각했다. 어차피 작살나게 얻어맞고 나가떨어질 텐데 안 보는 게 낫겠다 싶었다.

갑자기 스포트라이트가 출입구 쪽에서 빛나더니 괴성이 하늘을 찔렀다. 종석이었다. 종석이 붉은색 도복을 입고 동쪽 출입구 앞에 나타났다. 경기장을 꽉 채운 함성으로 귀가 찢어질 것 같았다. 영우는 종석의 인기를 실감했다. 거의 대부분의 관객이 종석의 경기를 보러 왔다는 것을 여실히 보여 주고 있었다.

관중의 환호 속에 종석이 붉은 카펫을 걸어 링 가까이 다가왔다. 갑자기 종석이 펄쩍 뛰더니 두 바퀴 텀블링을 해서 링 위로 올라왔다. 우레 같은 함성이 다시 터졌다. 영우가 링 중앙으로 걸어갔다. 종석과 1미터 거리에서 마주 섰다. 종석은 생각보다 종석을 많이 닮지 않았다. 영우는 조금 마음이 놓였다. 실제 종석과 똑같은 얼굴을 마주하고 있는 것보다는 훨씬 나았다. 종석이 경멸하는 듯한 특유의 표정을 지었다. 그걸 보는 순간 영우는 온몸이 얼어붙는 듯했다. 진짜 종석의 눈빛이 느껴진 것이다. 영우는 종석의 눈을 피해 고개를 숙였다. 경기를 시작하기도 전에 벌써 패배를 시인하는 듯한 행동을 취했기 때문인지 영우를 향한 비난과 야유가 경기장을 뒤흔들었다.

땡! 경기 시작 종이 울렸다. 종석이 가볍게 스텝을 상하좌우로 밟

으며 빠르게 몸을 놀렸다. 순간 영우는 방어 태세를 취했다. 그러나 벌써 한 발 늦었다. 갑자기 어깨 뒤쪽에 심한 통증을 느끼며 영우는 앞으로 주저앉았다. 종석의 오른발이 번개처럼 번쩍 공중으로 치솟아 영우의 어깨와 등을 찍어 내렸던 것이다.

"헉!"

종석이 능글능글 미소를 지으며 내려다보고 있었다. 영우는 재빨리 일어나 한 발 물러섰다. 일단 거리를 둬야겠다는 생각이 들었다.

"통증이 뇌로 전달될 거다. 고통이 뭔지 보여 주마."

종석의 경고였다. 영우는 자세를 바로잡았다. 종석의 말이 허풍이 아니었다. 영우는 어깨뼈가 부러진 듯한 통증을 느꼈다. 이건 살아남기 위한 진짜 싸움이었다.

종석이 팔을 뻗어 허공을 가르며 공격해 왔다. 그것을 보는 순간 이미 종석은 영우 바로 코앞으로 몸을 디밀었고 영우가 낌새를 알아챌 새도 없이 종석의 오른쪽 다리가 영우의 왼다리를 안쪽에서 걸었다. 순간 영우는 균형을 잃었고 허공에 뻗었던 종석의 주먹이 영우의 가슴팍을 두들겼다. 서너 대가 동시에 영우의 좌우 가슴을 연타했다. 영우는 뒤로 넘어지면서 2~3미터를 미끄러져 나갔다. 가슴이 터질 듯 아파 왔다. 밭은기침이 쏟아져 나왔다.

종석의 발이 너무 빨랐다. 발을 묶지 않으면 속수무책으로 당할 수밖에 없을 것 같았다. 종석은 분명 모션캡처로 동작을 실현할 텐데,

이렇게 빠르다는 것은 무척 놀라웠다.

"사람들의 함성이 들리지? 난 이 맛에 살아. 여긴 내 무대야. 이곳에 서기만 하면 5만 볼트의 전기가 온몸을 짜릿하게 강타하지."

종석은 득의양양한 얼굴이었다.

"넌 영광인 줄 알아. 너 같은 애송이는 이런 경기장에 올 수도 없어. 내게 한 수 배우려고 얼마나 많은 고수들이 줄을 서서 기다리고 있는 줄 알아? 정상적인 상황이면 넌 죽었다 깨어나도 나와 붙을 수 없어. 그, ……."

갑자기 종석이 말을 더듬었다.

"그, 마, 망할 계집에만 아니었어도……."

종석이 어정쩡한 얼굴로 눈살을 찌푸렸다. 뭘 들켜 버린 아이의 표정이었다. 아마도 마리를 말하려는 것 같았다. 의문이다. 마리 얘기만 나오면 종석이 왜 바람 빠진 풍선처럼 쪼그라드는지 알 수 없었다.

'넌 나를 하찮게 여기겠지만 똑똑히 봐.'

영우는 생각했다. 누구를 대신한 싸움이라도 상관없었다. 더는 바보처럼 살고 싶지 않았다. 영우의 몸속에서 알 수 없는 힘이 솟구쳐 올랐다. 마리가 했던 말이 생각났다. 뭔가 긴장되고 살아 있는 느낌. 바로 그것이었다. 영우는 온몸의 세포들이 살아서 팔딱거리고 있는 듯한 느낌이 들었다. 한 번 죽지, 두 번 죽나, 싸우다 죽어 보자. 자신도 모르게 묘한 힘이 차올랐다.

영우는 자리에서 일어나 오른손으로 가슴을 문질렀다. 가슴이 뻐근하게 아팠다. 종석이 여전히 실실 웃음을 흘렸다. 영우는 공격 자세를 취했다. 빈틈이 보이지 않았다. 다시 종석이 발을 움직이기 시작했다. 섀도복싱의 자세였다. 발이 얼마나 현란하게 움직이는지 잘 보이지 않았다. 영우는 종석의 마음을 읽으려고 정신을 집중했다. 종석의 동작에서 방어를 취하는 것은 벌써 두 번 실패했다. 그것으로는 도저히 종석을 따라잡을 수 없었다. 그가 무엇을 하려는지는 그의 지극히 미세한 움직임에서 찾아내야 했다.

앞뒤로 움직이던 스텝이 왼쪽으로 이동하기 시작했다. 순간 영우는 뒤돌려차기를 시도했다. 잠깐 찬바람이 휙 얼굴을 스치는가 싶었는데 영우의 발에 둔탁하게 뭔가 부딪치는 것을 느꼈다. 몸을 돌려 자세를 바로 했다. 종석이 바닥에 쓰러져 있었다. 종석이 왼쪽으로 스텝을 빼면서 동시에 앞돌려차기를 했고 무의식중에 그것을 느낀 영우가 종석의 빈틈으로 뒤돌려차기를 했다. 종석의 발은 영우의 얼굴을 스쳤지만 영우의 발뒤꿈치는 종석의 얼굴을 정확히 강타한 것이다.

종석이 손을 짚고 일어나며 말했다.

"제법인데."

그 말이 떨어지기가 무섭게 종석은 이미 영우 눈앞으로 다가섰고 빠르게 팔을 움직이기 시작했다. 영우는 종석이 휘두르는 팔을 좌우로 막았다. 그러나 종석의 팔은 광풍처럼 몰아쳐 들어왔다. 왼쪽 오른쪽 가슴, 허리 배, 그리고 얼굴로 사정없이 쏟아져 들어왔다. 영우는 거의 기계적으로 들어오는 팔을 막아 냈다. 둘 다 현란한 동작이었다. 어제 영우는 영춘권의 훈련 도구인 목인장을 3시간 정도 집중적으로 연습했다. 그것이 도움이 되었다.

관중석에서 엄청난 함성이 들려왔다. 눈코 뜰 새 없이 쏟아지는 손 말고도 아래에서 수시로 발이 허벅지와 종아리를 걷어차며 들어왔다. 영우는 그것도 막아 냈다. 영우는 정신을 집중했다. 종석의 동작이 느린 동작처럼 하나하나 보이기 시작했다. 그러면서 짧은 시간 틈새가 드러났다. 그 틈으로 영우는 주먹을 날렸고 종석의 턱에 명중했다. 종석이 뒤로 물러서는 순간 영우는 공중에 떠서 2회전 돌려차기를 날렸다. 정확하게 종석의 뺨에 발등이 닿았다. 종석이 그대로 나가떨어졌다. 일순간 경기장에 침묵이 흘렀다. 관중들은 천하의 크로캅이 이렇게 애송이에게 당할 줄은 상상도 못했을 것이다.

그때 여자의 날카로운 비명이 침묵을 깼다.

관중들의 시선이 비명 소리로 쏠렸고 영우도 순간적으로 소리가 난 쪽으로 고개를 돌렸다. 마리였다. 영우 몰래 경기장에 와서 경기를 지켜보던 마리가 검은 옷을 입은 사람들에게 붙잡혀 끌려가고 있었다. 시간을 놓치면 마리가 위험해질 수도 있었다. 영우는 다른 생각을 할 여유가 없었다. 그대로 링을 뛰어넘어 마리에게 달려갔다.

마리의 얼굴에 공포감이 서려 있었다. 영우는 그런 마리의 모습을 처음 보았다. 늘 당당하던 마리였다. 영우는 분노가 솟구쳤다.

"그 손 놔."

영우가 소리쳤다.

"뭐야. 그냥 시합이나 계속하지."

그들은 영우를 무시한 채 마리를 끌고 가려고 했다. 영우가 다가가 한 남자의 손을 잡아챘다. 그 순간 영우는 팔이 꺾이면서 의자에 머리를 처박혔다. 굉장히 빠른 손놀림이었다. 영우는 머리가 띵할 정도로 아팠지만 참고 일어섰다.

"그냥 돌아가. 실전과 시합은 달라."

그 남자는 타이르듯이 말했다.

영우는 대꾸하지 않고 마리를 잡은 손을 발로 찼다. 그가 손을 빼며 영우의 발을 막았다. 그 순간 마리도 다른 사람이 잡고 있는 손을 잡아 뺐다. 하지만 그는 마리의 뺨을 후려쳐 주저앉혔다. 영우는 공중회전으로 몸을 날려 그 사람의 얼굴로 주먹을 날렸다. 그는 기다렸다는 듯이 영우의 주먹을 한 팔로 막으며 발차기를 해 왔다. 두 사람이 동시에 영우를 공격했다. 그러면서도 한 사람은 여전히 마리의 손을 잡고 있었다.

두 사람도 보통이 아닌 고수들이었다. 영우의 주먹과 발을 거의 다 막아 냈다. 공격도 날카로웠다. 쉽게 싸움이 끝날 것 같지 않았다. 오히려 영우가 밀리기 시작했다. 그때였다. 영우를 공격하던 한 사람이 옆으로 쓰러지면서 의자에 머리를 박았다. 종석이었다. 종석이 어느새 링에서 내려와 한 사람의 등을 옆차기로 날린 것이다. 2대2의 싸움이 벌어졌다. 관객들은 장외에서 벌어지는 격투에 더욱 흥분해서 환호성을 질렀다.

두 사람이 밀리기 시작했다. 마리를 잡았던 손을 풀코 전력을 다해 영우와 종석의 공격을 막아 내고 있었지만 종석의 비호처럼 빠른 발놀림에 휘청대기 시작했다. 영우 또한 왼쪽 오른쪽으로 빈틈을 노려 공격했다. 마침내 두 사람은 계단을 뛰어올라 달아나기 시작했다. 영우가 쫓아가려 하자 종석이 말렸다.

"됐어. 쫓아가도 소용없어. 텔레포트를 쓰면 잡을 수 없어."

"텔레포트?"

"순간적으로 공간 이동을 하는 거야. 저 정도의 고수들이면 충분히 쓸 수 있어."

영우는 마리를 돌아보았다. 마리의 표정은 몹시 어두웠다.

종석이 마리의 얼굴을 자세히 살피고 조금 놀란 표정을 지었다.

"마, 마리……."

"누군데 널 잡아가려고 한 거야?"

영우가 마리에게 물었다.

"나도 몰라."

"그냥 로그아웃을 하지 그랬어."

"모르는 소리. 강제로 붙잡히면 시스템을 빠져나갈 수 없어. 설사 내가 강제로 전원을 차단한다 해도 네트워크 안에서 아바타는 계속 살아 있고 적이 목적지로 데려가거나 죽일 수 있어. 아바타가 죽으면 나의 존재도 사라지지."

"그렇구나."

종석이 말했다.

종석의 태도가 달라졌다. 말소리가 훨씬 부드러워졌다는 걸 의식한 영우가 종석을 쳐다보았다. 종석은 멋쩍은지 얼굴을 돌렸다.

"나를 잡으려 한 걸 보면 내 정보를 알고 있는 게 분명해."

마리가 말했다.

"무슨 정보?"

종석이 물었다.

"나도 모르지. 나를 미워하는 누군가가 있나 보지."

"누가?"

"그걸 내가 어떻게 알아."

마리가 쌀쌀맞게 말했다. 종석의 얼굴이 시들부들 빠르게 풀이 죽었다. 영우는 좀 미안한 생각이 들었다. 그래도 종석이 도와주지 않았다면 마리를 구할 수 있었을까 싶었다.

"무술 실력으로 봐선 전문가일 수 있어. 네트워크를 돌아다니며 돈

받고 사람을 해치거나 정보를 빼내는 헌터들일 수도 있어."

종석이 고개를 끄덕이며 말했다.

"그런 작자들이 왜 마리를 노리는 거야?"

영우가 다그치듯 물었다.

"낸들 알아."

종석이 퉁명스럽게 말했다.

"아무튼 고맙다."

마리가 지나가는 투로 짧게 말했다.

여기저기서 관중들의 불만이 터져 나왔다. 시합하다 말고 이게 뭐 나는 푸념이었다. 영우나 종석은 더 이상 시합을 계속하고 싶지 않았다. 종석은 영우가 단 3일 만에 이런 엄청난 실력을 보이고 있는데 시합을 계속하다 진다면 망신만 살 게 뻔했다. 종석은 영우를 이겨서 마리를 꺾고 싶었는데 아무튼 일이 엉뚱한 데로 빠져서 의욕이 떨어지고 말았다.

"그만 돌아가자."

영우가 말했다.

"그래. 오늘 시합은 무승부로 하고 다음에 한 번 더 붙어."

종석이 마리를 보며 말했다. 마리가 고개를 끄덕이며 말했다.

"날 이기려고 하지 마. 이쯤 되면 반성할 만도 한데."

종석이 머리를 긁적였다. 영우가 말했다.

"좋아. 다음에 내가 정식으로 도전장을 던지지. 오늘은 마리의 대타였지만."

종석이 손을 내밀었다. 영우는 종석의 태도에 놀라 머뭇거렸다.

"뭐해. 무안하게."

마리가 말했다. 영우는 쭈뼛쭈뼛 손을 내밀었다. 종석이 영우의 손을 확 잡고 흔들었다. 영우의 뺨이 붉어졌다. 셋은 계단을 올라가 경기장을 빠져나갔다. 관중들의 비난 소리가 귓전을 울렸다.

자살 체험방에 찾아온 손님

영우와 마리는 아도겐을 나와 D447-66호 마리의 방으로 갔다. 마리의 표정은 밝지 않았다.

"그 많은 사람들 중에서 왜 하필 너를 노린 걸까?"

영우가 자리에 앉으며 말했다. 유리로 된 벽면의 풍경이 빠르게 바뀌고 있었다. 붉은 저녁노을이 검은 구름들 사이로 밝게 빛났다. 폭풍우라도 몰고 올 듯 검은 구름이 점점 하늘을 덮고 있었다.

"안 그래도 요즘 시뮬라크르에 스파이가 잠입했다는 소문이 있어. 누군가가 시뮬라크르를 감시하고 있는 것 같아."

"왜?"

"인터렉티브 커뮤니티 시뮬레이션의 선두를 달리고 있으니까 관심이 많지. 시뮬라크르의 데이터베이스 시스템은 중요한 보안 사항이야. 뇌 스캔 데이터의 분석은 물론 최첨단 가공 처리 기술까지. 데이터 자체도 개인 정보 보호 차원에서 아주 중요해."

"그렇구나. 너를 공격한 사람들이 시뮬라크르의 정보를 빼내려는 자들의 소행일 수도 있다는 얘기야?"

"글쎄, 잘 모르겠어. 나를 잡아가서 뭘 어쩌자는 건지."

마리는 조금 피곤해 보였다. 대화에 열의도 없었다. 영우는 입을 다물었다. 마리를 조금 지켜보다가 시뮬라크르를 빠져나가야겠다는 생각을 했다.

그때였다. 노크하는 소리와 함께 누군가가 방문을 열고 들어왔다.

마리가 재빨리 메뉴를 눌러 자신과 영우가 보이지 않는 모드로 전환했다. 들어온 사람은 주변을 두리번거리며 조심스럽게 걸음을 내딛었다. 그를 보고 마리와 영우는 놀랐다. 그는 학급 반장 기윤이었다. 마리가 검지를 입에 갖다 대며 영우에게 조용히 하라는 눈짓을 보냈다.

한 발을 내딛던 기윤의 얼굴에 공포가 무섭게 내려앉았다. 기윤은 앞으로도 뒤로도 움직이지 못하고 얼어붙었다. 팔다리가 사시나무 떨 듯 떨렸다. 짧은 시간이 지난 뒤 기윤은 허리를 굽혀 두 손으로 바닥을 짚고 천천히 엉덩이를 내려서 난간 위에 앉았다. 기윤의 입에서 말이 새어 나왔다.

"죽고 싶지 않은데……."

기윤은 자꾸만 두리번거렸다. 그의 눈에는 사방이 아무것도 없는 허공으로 보일 것이고 아래는 그 끝을 알 수 없는 검은 심연이 폭풍우에 일렁이는 파도처럼 출렁일 것이라고 영우는 짐작했다. 기윤이 시뮬라크르를 알고 있었다는 것도 놀라웠지만, 어쨌든 죽고 싶다는 생각에 이 방을 찾아든 것만은 사실일 듯싶었다.

"내 잘못이 아냐. 난 최선을 다했어. 내가 하지 않았어. 내 안에 내가 있지 않아. 모르겠어, 모르겠단 말이야. 뭐가 어떻게 돌아가는지……"

기윤의 목소리는 흐느낌으로 변했다. 기윤은 한 손은 난간 끝을 잡은 채 다른 손으로 얼굴을 훔쳤다. 기윤은 한마디로 공부밖에 모르는 녀석이었다. 반장도 생활기록부 점수를 더 받기 위해서 자진해서 맡았다. 거의 전교 1등을 도맡다시피 했다. 얼굴이 책에서 떨어지는 것을 본 적이 없을 정도였고 선생님보다 더 많은 것을 알아서 선생님이 도리어 물어볼 정도였다. 잘난 체하는 일등을 그리 좋아할 리 없을 텐데도 많은 아이들이 그의 곁에서 아부의 눈길을 보내곤 했다. 떨어지는 부스러기라도 주우려는 속셈이리라. 그런데 그런 기윤이 왜 자살 체험방에 나타났단 말인가. 그것도 아주 절박해 보이기까지 하면서 말이다.

"이곳은 자살을 강요하지 않습니다. 일단 마음속에 있는 생각을 다 털어놓고 그 다음에 판단해도 늦지 않습니다."

마리가 말하고 있었다. 그 사이 마리는 메뉴 조작을 해서 목소리를 변조했다. 조금 상냥했지만 기계적인 느낌이 강했다. 목소리의 주인 공이 마리일 거라고는 상상도 하지 못할 것이다. 모습은 여전히 기윤에게 보이지 않았다. 잠시 어리둥절해 하던 기윤이 말을 이었다.

"그냥 골탕 먹이고 싶었어. 어쩌면 모두가 원할지도 모른다고 생각했지. 나도 우리 사회의 문제점 정도는 알고 있어. 하지만 그걸 해결할 수 있는 방법은 없어. 아무리 제도를 바꿔도 경쟁은 사라지지 않을 거야. 공부 못하는 사람은 도태될 수밖에 없지……. 그냥 제풀에 화내다가 끝낼 줄 알았는데 그 계집애가 끼어드는 바람에……."

도대체 무슨 얘기를 하고 있는 것인가. 마리와 영우는 서로의 얼굴을 쳐다보았다. 둘 다 눈을 휘둥그레 뜨고 있었다. 얼추 짐작컨대 사스콰치를 두고 말하는 것 같았다. 그렇다면 중간고사 수학 시험지 사건을 말하고 있는 게 아닐까.

"해킹 실력도 자랑하고 싶었고, 또 대의명분도 있어야 폼도 나잖아. 내가 했다는 걸 알면 기절초풍하겠지. 스릴 만점……."

둘의 눈이 더욱 커졌다. 기윤이 자신이 시험지 해킹을 했다고 말하고 있는 게 아닌가. 놀라운 일이었다. 전교 1등이 해킹을 하다니 믿을 수 없는 일이었다.

"내, 내 말 듣고 있는 거야?"

기윤의 목소리는 떨렸다.

"그냥 조용히 넘어갈 것이지 왜 그 계집애를 붙잡고 늘어지는지 참

답답해서……. 결국 개 성질 건드려 놔서 일이 커지고 말았어. 그 친구가 해킹 사건을 인터넷에 올리겠다고 했어. 언론에 터지면 분명히 사이버수사대가 조사를 시작할 거고 그럼 내가 했다는 것이 밝혀지는 것은 시간 문제가 되겠지. 엄마 아빠가 아는 것도……. 그럼 난 죽어. 엄마 성질에 날 가만히 내버려 두지 않을 거야."

기윤은 또다시 훌쩍거렸다. 결국 기윤이 시험지 해킹을 했고 그것이 세상에 알려질까 봐 두려워서 자살까지 생각했다는 정황이 드러난 셈이었다.

"자살 체험방은 결코 자살을 조장하지 않습니다. 당신이 진정 무엇을 생각하고 있는지 자신을 되돌아보는 시간을 가지고 무엇이 최선의 방법인지에 대해서 깊이 생각해 보기를 권합니다. 그래도 죽기를 원한다면 뛰어내리십시오. 당신의 내부에 있는 당신도 알지 못했던 것을 발견할 수도 있습니다."

"죽고 싶지 않아. 내가 왜 이러는지 모르겠어. 엄마한테 혼나는 것이 죽는 것보다 더 하겠어? 그런데도 난 죽어야만 할 것 같아. 이대로는 살 수 없어. 죽는 것만이 모든 걸 깨끗이 해결해 줄 거야."

기윤의 감정이 격해지고 있었다. 영우는 기윤이 죽음을 생각했을 정도면 감정 기복이 심하기도 할 거라고 생각했다. 하지만 지금 기윤의 말은 뭔가 앞뒤가 맞지 않았다. 급변하는 자신의 감정을 제대로 이해하지도 못하는 것 같았다. 하긴 감정을 이해할 정도로 이성적이면 이곳에 오지도 않았을 것이다. 어쨌든 기윤이 뭔가를 숨기는 것도 같은데, 문제는 기윤 자신도 그것이 무엇인지 모르는 것 같았다.

"진실을 말하세요. 진실이 당신을 변화시킬 수 있습니다."

마리는 침착하게 기윤을 유도하고 있었다. 기윤이 두려움과 공포 속에서 다시 사방을 돌아보다가 말을 했다.

"1등을 지키는 것이 얼마나 힘든지 알아? 차라리 처음부터 공부를 못했으면 얼마나 좋을까 하는 생각을 하루에도 수십 번 했어. 1등을 빼앗기지 않기 위해서는 무엇이든 할 수 있다는 생각도 하루에 수백 번 했지. 하니원이라는 사이트에서 내 고민을 털어놨어. 그곳의 카운슬러로부터 상담을 받았어. 스트레스 없이 항상 1등을 할 수 있는 방법을 물었어. 카운슬러는 비용이 좀 들기는 하지만 매우 효과적인 방법이 있다고 했어. 난 귀가 솔깃했어. 돈이야 얼마든지 낼 수 있다고 했지. 아버지가 부잔데, 돈이 대수야. 그들이 내게 권한 것은 뇌 강화 훈련이었어."

'뇌 강화 훈련?'

영우는 처음 들어 보는 말이었다. 마리는 가만히 듣고 있었다.

"돈을 결제하자 그들은 나를 뉴런텐스라는 방에 보냈어. 전선줄이 복잡하게 얽혀 있는 헬멧을 썼어. 내 눈앞에는 이상한 그림들이 나타났다 사라지곤 했어. 때로는 아이큐 테스트 같은 연관성 있는 무늬를 찾는 것도 있고, 상상력을 자극하는 흥미로운 기하학 문양들도 보였어. 그런데 놀라운 것은 나도 모르게 강력한 집중이 일어나면서 뇌가 터질 듯한 압박감을 느꼈다는 거야. 마치 거대한 파도가 해변을 덮치 듯 몰려와서 모든 것을 싹 쓸고 빠져나가는 것 같은 느낌이 여러 번 들었어. 그때마다 나의 감각은 몹시 예민해지고 충족감이 온몸을 휩 쓸었어. 마치 조였다 풀렸다 하는 것처럼 나의 뇌가 강한 몰입과 이 완을 반복하는 듯했지."

'어떻게 그럴 수 있지?'

영우는 믿기지 않는다는 듯 고개를 저었다. 기윤은 자기 이야기에 스스로 빠져들었는지 조금 전보다는 차분해졌다.

"며칠이 지나자, 그들은 내게 강화된 뇌의 상태를 유지하기 위해서 는 물리적 요법이 필요하다며 약을 먹기를 권했어. 나는 벌써 뇌에서 강력한 뭔가를 느끼고 있었기 때문에 아무런 망설임 없이 그것을 수 용했어. 그들이 내게 처방한 약은 헤프랄프로모티브라는 약이었어. 처방전 없이 시중에서 쉽게 구할 수 있는 두통약이었어. 왜 그런 약 을 처방했는지는 모르겠지만 며칠이 지나지 않아서 내 안에 뭔가 강 렬한 변화가 일어나기 시작했어. 수학 문제가 너무 쉬워졌어. 배우지 않은 것도 술술 이해가 됐어. 영어 단어는 한 번만 보면 잊어버리지 않았고 CNN 뉴스가 저절로 들리기 시작했어."

"말도……."

영우가 손으로 입을 틀어막았다. 자기도 모르게 말이 터져 나온 것이었다. 기윤이 말을 끊고 고개를 돌렸다. 경계의 눈초리가 빛났다.

"그래서요? 계속하세요."

마리가 영우를 째려보며 말했다.

"다, 당신은 누구지?"

기윤이 갑자기 주변 상황을 의심하기 시작했다.

"저는 이 방의 운영잡니다. 당신과 나눈 대화는 비밀이 보장됩니다. 걱정 마시고 계속 하세요."

"목소리가 달라."

"아닙니다. 저 혼자 있습니다. 당신에게 제 모습을 보일 수도 있지만 그게 오히려 대화에 방해가 될 수도 있어서 모습을 드러내지 않을 뿐입니다. 그러니까 안심하시고 계속하세요."

기윤이 난간을 잡은 손에 힘을 주며 잠시 꼼짝을 않고 있었다. 그러다 말이 이어졌다.

"아무래도 좋아, 내 말을 들어 주는 것만으로도 감지덕지해야지. 하긴 내 말을 믿어 주지도 않을 테지만……."

"아닙니다. 믿지 못할 이유가 없습니다. 서번트증후군을 앓고 있는 사람들 가운데는 두꺼운 전화번호부 책을 통째로 외우기도 합니다. 뇌의 놀라운 능력은 인간의 상상력을 초월합니다."

"나도 모르게 강한 자신감이 생겼어. 무엇이든 할 수 있다는 담력이 치솟았어. 내가 1등하니까 사람들은 내가 항상 자신감에 차 있을 거라고 생각하겠지. 아냐. 난 늘 지독한 열등감에 사로잡혀 있었어. 풀지 못하는 문제가 나오면 며칠 밤이고 자책하면서 괴로워하곤 했어. 풀어야만 직성이 풀렸지만, 그동안 자신에 대한 학대는 이루 말할 수 없지. 창문을 열고 뛰어내리고 싶을 정도로 말이야. 그런데 그런 열등감이 사라진 거야. 믿을 수 있겠어? 그때의 기쁨이란……, 믿지 못하겠지. 아무도 이해할 수 없어."

"이해할 수 있습니다."

마리가 침착하게 말했다.

"흥. 말뿐이지만 그래도 고맙군. 나는 헤프랄프로모티브를 한 번에 두 알씩 먹었어. 처방전에는 한 알씩만 먹으라고 했지. 나의 뇌가 더 강력해지기를 바랐어. 자신감과 도전 정신이 내 의식을 가득 채웠어. 그냥 가만있는 것이 괴로울 정도였어. 남들이 열 시간 스무 시간 공부할 때 난 단지 1시간이면 충분했어. 게임을 하든, 뭘 하든 그 세계에서 나는 최고가 됐어. 프로그래밍 공부도 했어. 웬만한 사이트는 쉽게 뚫고 들어갈 수 있을 정도로 해킹 실력도 갖췄지. 그런데 이상한 일이 벌어졌어."

기윤이 다시 입을 다물었다. 갑자기 주위를 돌아보며 불안한 기색을 보였다.

"이상한 일이란 게 뭐죠?"

마리가 말했다.

"뭔가 알 수 없는 허전한 느낌. 혼자라는 외로움. 공허. 갑자기 들이 닥치는, 한순간 예전으로 돌아갈지 모른다는 불안감. 나는 약을 더 많이 먹었어. 하지만 불안감은 사라지지 않았어."

"그건 최고에게 나타나는 단순한 심리적 압박감이 아닐까요?"

"아니야. 그런 게 아니야. 처음엔 나도 그런 줄 알았어. 하지만 아니었어. 그건 내 안에서 일어나는 현상이 아니라 바깥에서 찾아왔어. 바깥에서 온 것이 분명해. 아무런 예고도 없이 불쑥 들어와서는 온통 머릿속을 휘젓고 다녔어. 때로는 누군가를 두들겨 패 주고 싶고, 무엇이든 깨부수고 싶은 충동이 일었어. 통제할 수 없는 욕구였어. 미칠 것만 같았어. 모든 것을 잃어버린 내가 황량한 사막에 버려져 있는 모습이 떠올랐어. 두려움과 공포가 차올라 견딜 수가 없었어."

기윤은 격하게 떨고 있었다.

"침착하세요. 지금은 그 상황이 아니잖아요."

"아니야. 지금도 그것을 느껴. 살고 싶지 않아. 그냥 죽고 싶어."

"자신을 그렇게 몰아가고 있어요. 그 생각을 멈추세요."

"멈출 수가 없어. 나를 억제할 수 있을 정도였으면 여기에 오지도 않았어. 바깥에서 왔다고 했잖아. 내 안에서 일어나는 게 아냐. 누군가가 들어와서 나를 조종하고 있어. 내 뇌를 마구 엉망진창으로 만들고 있다고!"

기윤은 머리를 감싸 쥐었다. 마리는 당황스러웠다. 어떻게 해야 할지 방법을 알 수 없었다. 갑자기 기윤이 잠잠해졌다. 머리를 들고 마리 쪽을 바라보았다. 강렬한 눈빛이 빠르게 사그라지고 있었다. 기윤이 말했다.

"사스콰치를 괴롭히고 싶었어. 짐승 같은 그 입에 재갈을 물리고 싶었어. 그래서 수학 문제를 해킹했어. 그 정도야 식은 죽 먹기지. 다음엔 그 계집애가 내 제물이 될 수도 있어. 걔가 왜 미운지 알아? 공부만 잘 하면 다 되는 줄 알았는데, 걔는 아냐. 나를 혼란스럽게 만든단 말이야. 질투가 나. 걔가 나보다 더 똑똑한 거 같아서 죽여 버리고 싶어. 아냐, 아냐, 그러기 전에 내가 먼저 죽을 거야. 내가 나를 죽이고 말 거야."

기윤이 고개를 떨어뜨렸다. 흐느끼는지 어깨가 들썩였다.

"지금은 감정이 너무 격해 있습니다. 마음을 가라앉히세요. 부탁입니다."

마리도 침착성을 잃어 가고 있었다.

"소용없어. 난 이제 끝이야."

기윤이 좁은 난간 위에서 일어서려고 두 손을 뻗었다. 그 순간 몸이 휘청대더니 한쪽으로 기울어졌다. 마리가 쫓아 나가 넘어지는 기윤의 다리를 잡으려고 했다. 그러나 간발의 차이로 기윤을 놓쳤다.

"아악!"

기윤의 비명이 방 안을 채웠다. 영우도 놀라 달려갔지만 이미 기윤은 까마득한 아래로 떨어진 후였다.

"괜찮을까?"

영우가 걱정스럽게 물었다. 마리는 난간을 잡고 아래를 내려다보았다. 기윤이 한 점 작은 덩어리로 줄어들었다. 비명이 아련하게 들려왔다.

잠시 뒤, 마리는 메뉴를 조작해서 심연의 바닥으로 공간을 바꾸었다. 그러나 기윤은 없었다. 둘레를 찾아봤지만 사람의 형체는 아무것도 없었다.

"어떻게 된 거지?"

영우는 이상한 느낌이 들었다.

"떨어지면 의식을 잃을 때도 있잖아. 그런데 어디로 사라졌지?"

"의식을 잃기 전에 로그아웃을 했을 거야. 극심한 공포 때문에 바닥까지는 떨어지지 못했을 수도 있어."

"하지만 로그아웃하기 전에 의식을 잃으면 어떡해?"

영우가 물었다.

"그럼 바닥에 떨어져 있어야지. 바닥에 없는 걸로 봐서 중간에 로그아웃을 한 것 같아."

마리가 불안한 얼굴로 말했다.

"그것보다 하니원이라는 사이트 좀 이상해. 도대체 그 약은 뭐고, 횡설수설하는 걸 보면······."

"그래, 나도 느낌이 이상했어. 감정 조절이 전혀 안 되고 있어. 학교에서는 안 그랬잖아."

"좀 신경질적이기는 했어. 하지만 이렇게 심한 줄은 몰랐는데. 그런데 정말 그렇게 사이버공간에서 뇌를 강화시킬 수 있을까. 그건 윤리적으로도 문제가 있는 거 아냐?"

"충분히 가능하지. 시뮬라크르도 그런 식으로 시스템을 이용하고자 하면 얼마든지 할 수 있어. 현대 과학은 어떤 목적으로 이용하느냐에 따라 내용이 완전히 달라질 수 있어. 치매를 치료하는 약을 뇌 기능을 강화하는 약으로 바꿀 수도 있어. 만능줄기세포로 난치성 질병을 치료할 수도 있지만 복제 수단으로 이용할 수도 있지."

"놀라운 일이야. 에스에프 영화에서나 보던 일이 실제로 일어나고 있다니."

"어떤 미래가 우리의 지금이 될지는 아무도 몰라. 오직 빅브라더만이 알겠지."

몇 마디의 대화를 더 나눈 후에 영우는 마리의 방을 나왔다. 마리가 지쳐 있기도 했지만 기윤이 문제가 마음에 걸려 더 얘기를 나눌 수 없었다.

세상의 변화를 꿈꾸는 에르네스토

월요일 오전, 일부 대기업이 소유하고 있는 경제 연구소와 갤러리, 증권사, 보험사, 언론사 등 30여 개의 기업이 해킹을 당했다. 세 시간 뒤에 네트워크는 복구되었지만 하드디스크의 부팅 레코드와 파티션 정보가 파괴되어 시스템 복구는 꽤 오랜 시간이 걸릴 것으로 전문가들은 내다봤다. 시스템이 다운된 회사들의 홈페이지에는 체 게바라의 사진이 전면을 장식했고 그 아래에 에르네스토라는 글자가 선명하게 적혀 있었다. 이번 해킹을 주도한 해킹 단체의 이름이었다. 그들은 에스엔에스에 자신들이 왜 해킹을 했는지 이유를 밝혔다.

체 게바라는 어린 딸에게 이런 편지를 썼다.
'어른이 되었을 때 가장 혁명적인 사람이 되도록 준비하여라. 이 말은 네 나이에는 많이 배워야 한다는 것을 의미한다. 정의를 지지할 수 있도록 준비하여라. 세계 어디선가 누군가에게 행해질 모든 불의를 적시할 수 있는 능력을 키워라. 나는 네 나이에 그러지를 못했다. 그 시대에는 인간의 적이 인간이었다. 하지만 지금 네게는 다른 시대를 살 권리가 있다. 그러니 시대에 걸맞은 사람이 되어야 한다.'

우리는 네트워크로 혁명을 꿈꾸는 21세기의 체 게바라다. 인터넷은 동전의 양면이다. 누가 네트워크를 장악하느냐에 따라 세상은 달라질 것이다. 우리는 인류가 직면하고 있는 온갖 문제를 극복할 수 있는 단초로 인터넷을 생각하며 그것으로 세상의 변화를 꿈꾸는 이 시대의 에르네스토들이다.

우리는 사리사욕을 위해 해킹을 하지 않는다. 우리는 인류의 자유와 정의를 위해 해킹을 도구로 이용할 뿐이다. 해킹의 불법성에 대해서 충분히 인지하고 있으며 결코 개인이 피해를 입는 행동은 하지 않을 것이다. 오직 공익을 위해서만 불가피하게 해킹을 할 것이다.

이 시대는 거대 기업이 세상을 지배하고 있다. 막강한 자본을 바탕으로 기업은 국가를 통제하고 있고 사회의 모든 영역을 지배하고 있다. 이제는 어떤 권력으로도 기업의 독주와 탐욕을 저지하거나 막아 낼 수 없다. 오직 전 세계인이 네트워크를 기반으로 소통과 단결을 이루어 냈을 때 기업의 세계 지배를 이겨 낼 수 있다. 거대 기업은 단순히 경제적 이익을 넘어 개인과 집단, 심지어 국가 기밀까지, 방대한 정보를 수집하고 있다. 이를 통해 그들은 사회 전체를 그들의 목적에 맞게 감시 통제하고 있다. 거대 기업이 세계를 지배하려는 이유는 1퍼센트도 안 되는 소수의 무한 욕망을 채워 주기 위해서다. 우리는 이 체제를 전복하는 데 우리의 모든 역량을 바칠 것이다.

네트워크는 광대하다. 우리는 거대 기업이 가지고 있는 막강한 자본과 권력을 갖고 있지 않지만 전 세계 모든 네티즌들이 우리의 친구이며 동지라는 것을 안다. 인터넷은 개인의 힘을 집단의 힘으로 바꿀 수 있으며 이것이 거대 기업과 맞설 수 있는 유일한 힘이다. 인터넷은 인류가 과거의 불합리를 극복하고 새로운 단계의 삶으로 도약할 수 있는 기반이다. 인터넷은 인류가 진정으로 새로운 세상을 열 새로운 시대의 공간이 될 것이다. 아사비야!

우리의 가슴속에는 체 게바라가 말했던 것처럼 불가능한 꿈이 활활 타오르고 있다.

웹 세상이 발칵 뒤집혔다. 누리꾼들은 해킹 단체 에르네스토가 누군지에 대해서 폭발적인 관심을 보였다. 짧은 시간에 수많은 글들이 올라왔다. 에르네스토는 점조직이며 전체 회원이 얼만지는 아무도 알지 못했다. 지도자와 참모가 있는 수직적 조직이 아니라 모두가 회원인 수평적 구조이며 모두가 동등한 자격으로 참여하고 있다는 내용도 있었다. 또 다른 글을 보면 에르네스토는 뛰어난 해커 단 한 명뿐이고 수많은 회원이 있는 것처럼 위장하고 있다는 것이었다. 무엇이 진짜인지는 알 수 없었다. 하지만 체 게바라를 그들의 우상으로 여기는 것을 보면 젊은 세대일 가능성은 충분히 있었다.

그날 학교에서 영우는 에르네스토보다 더한 충격적인 소식을 들었다. 믿을 수 없는 일이었다. 반장 기윤이 등교를 하지 않았다. 그런 일은 지금까지 한 번도 없었다. 아이들 사이에서 이상한 말들이 돌았다. 기윤이 병원에 입원해 있고 지금 혼수상태라는 것이다. 집에서 에이치엠디를 쓴 채 키보드에 엎어져서 의식이 없는 상태로 발견되었다고 했다. 얼마 지나지 않아 그 얘기는 그대로 인터넷에 올라오기 시작했다.

처음에는 자살을 시도했다는 말이 돌았는데 이유는 기윤이 남겼다는 유서 때문이었다. 유서에는 수학 시험지를 해킹했는데 그것 때문에 친구들에게 미안하다고 씌어 있었다. 가족에게는 1등이 자신의 뇌를 갉아먹고 있어 더는 견뎌 낼 수 없다고 썼다. 하지만 그래도 이렇게 먼저 가게 되어 미안하다는 말도 했다.

학교도 된서리를 맞았다. 시험지 해킹 사건을 알면서도 수학 선생님이 말하지 않았다는 것이 알려졌고, 수학 선생님은 곧바로 징계위원회에 회부되었다. 얼마 지나지 않아 교육청과 경찰서의 조사팀이 들이닥쳤다. 학생들 모두가 조사를 받았다.

가장 크게 충격을 받은 사람은 마리였다. 금요일 밤, 분명히 기윤이 시뮬라크르에 들어와 자살 체험방을 이용했다. 시뮬레이션 공간에서 일어난 일이 실제 현실로 연결되는 것은 극히 드문 일이었다. 뇌에 압박을 줄 수는 있지만 의식을 잃을 정도로 영향을 미친다는 것은 믿기 어려웠다. 아직 정확한 원인이 밝혀진 것은 아니지만 마리는 기윤과 자살 체험방의 연관성에 대해서 불안감을 떨쳐 버릴 수 없었다.

사이버수사대는 곧바로 기윤이 마지막으로 들른 사이트가 시뮬라크르라고 공개했다. 갑자기 시뮬라크르가 세상의 이목을 받았다. 모든 상황이 극적으로 돌아갔다. 시뮬라크르에 자살 체험방이 있고 기윤이 거기서 떨어졌다는 기사가 에스엔에스를 타고 퍼져 나갔다. 비난 댓글이 인터넷을 도배했다. 어떻게 자살을 조장하는 그런 방을 만들 수 있느냐는 것이었다.

시뮬라크르의 관리부는 가상 공간에서 벌어진 일이 실제 현실에서 일어날 수 없다고 글을 올렸다. 뉴스 사이트와 에스엔에스에 수많은 댓글들이 올라왔다.

그날 오후, 마리의 방에서 영우와 마리, 다스 베이더가 만났다. 마리는 거의 말을 못할 정도로 쇼크 상태였다.

다스 베이더가 말했다.

"이건 아무래도 뭔가 이상해. 정말 기윤이라는 친구가 자살 체험방에 왔었어?"

마리는 아무 말도 못했다. 영우가 말했다.

"음, 내가 아도겐 경기를 치르고 난 뒤였어. 그 친구는 1등 강박관념에 사로잡혀서 몹시 괴로워하고 있었어. 게다가 수학 시험지 해킹 사건이 공개될까 봐 무척 두려워하고 있었어. 그래서 어떻게 알았는지 모르지만 자살 체험방에 찾아온 거였어."

"그런데 뛰어내렸어?"

"처음부터 죽고 싶은 생각은 없어 보였어. 그냥 혼날 것이 두려워 누군가에게 털어놓고 싶었던 것 같아. 떨어진 것은 실수였어. 하지만……, 있을 수 없는 일이잖아."

"무슨 다른 말은 없었어?"

"하니원이라는 사이트에서 뇌 강화 훈련을 받았다고 했어. 뇌의 능력은 크게 강화된 것 같은데 뭔가 이상해지기 시작했다고 말했어."

"뭐라고? 뇌 강화 훈련? 하니원이면 유니온에이 사가 만든 커뮤니티 시뮬레이션 사이트야. 아주 경쟁적으로 뇌 스캔 테크닉을 구사하고 있지."

"아참, 그런데 거기서 약을 먹으라고 권해서 헤프랄……, 뭐라고 했는데. 그걸 꽤 오랫동안 먹은 것 같았어."

"헤프랄프로모티브."

마리가 겨우 말했다.

"헤프랄프로모티브? 잠깐 기다려 봐. 스파이더를 보내 봐야겠어."

다스 베이더가 키보드를 띄우고 자판을 치기 시작했다.

"스파이더라니?"

영우가 물었다. 다스 베이더가 말했다.

"네트워크를 돌아다니며 정보를 수집해서 주인에게 보내는 일종의 네트워크 로봇이야. 인공지능과 연결되어 있어 환경에 따라 스스로 변이를 일으키고 필요에 따라 자신을 복제할 수도 있어. 복제는 아이피 추적을 분산시키고 로그 파일에 혼란을 일으켜서 흔적을 지우는 데 필요하지."

"그래?"

영우는 놀랐다. 그런 게 네트워크에 있는 줄은 몰랐다.

"때에 따라서는 한곳에 오래 머물면서 정보를 캐고 데이터를 수집할 필요가 있기도 한데 그때는 복제한 스파이더를 백도어로 심어 두기도 하지. 필요한 정보를 얻기 위해서는 빠른 검색과 분석이 필요해. 스파이더들의 활동이 없으면 전 세계에 퍼져 있는 엄청난 데이터를 효과적으로 추적할 수 없어."

영우는 겨우 내용을 알아듣기는 했지만 좀처럼 믿을 수가 없었다.

화면에 새로운 창이 계속해서 떴다. 그때마다 다스 베이더는 내용을 확인하고 지웠다. 시간이 흘렀다. 다스 베이더가 말했다.

"스파이더들이 데이터를 보내 오고 있어. 헤프랄프로모티브의 제조 회사에 대한 자료들이야. 헤프랄프로모티브의 성분 분석도 있군. 가만, 두통약에 카페인 성분이라, 중독의 위험성이 있을 텐데."

다스 베이더는 자료들에 대해 설명하다가 잠시 입을 다물었다. 뭔가 세부적인 사항을 확인하고 있는 것 같았다. 잠시 뒤 다스 베이더가 입을 열었다.

"헤프랄프로모티브에 뭔가 있어. 각성제에다 알 수 없는 성분들도 많아. 다른 두통약과 비교한 자료를 보니, 두통과 아무 관련이 없는 성분들도 있어. 왜 이런 것들이 필요하지?"

갑자기 다스 베이더가 창을 잡아끌어 확대했다.

"엉? 이건 뭐야? 헤프랄프로모티브를 만든 제약 회사의 최근 주식 현황인데, 최대 주주가 유니온에이 사야."

"유니온에이 사?"

"그러면 하니원과 제약 회사가 다 유니온에이 사의 소유란 얘긴데……."

영우가 고개를 꺄우뚱하며 말했다. 유니온에이 사는 누구나 다 알고 있는 국내 최대 기업이다. 네트워크, 인터넷, 미디어 재벌에다, 텔레비전, 컴퓨터, 스마트폰 등 전자 제품을 만들고, 유통에 병원까지, 계열 회사가 수백 개가 넘는다. 하니원과 최대 회원을 보유하고 있는 에스엔에스 사이트인 맥스데이도 유니온에이 사의 소유다. 맥스데이는 최신 테크닉의 검색 기능도 가지고 있다.

"이제는 제약 회사까지 손을 뻗었어."

다스 베이더가 중얼거렸다.

"그거까지 신경 쓸 일은 아니잖아."

영우가 말했다.

"그게 아니야. 거기에 문제가 있어."

다스 베이더가 여전히 화면을 응시한 채 말했다.

"종합하면 기윤의 뇌 강화 훈련이 모두 유니온에이 사와 관련 있다는 거잖아."

마리가 나직이 말했다.

"유니온에이 사를 조사해 봐야겠어."

다스 베이더가 강한 어조로 말했다.

"많은 전문가들이 유니온에이 사가 수집하는, 사용자들에 대한 엄청난 데이터에 대해서 의구심을 가지고 있었어. 하지만 유니온에이 사는 늘 자신들은 사용자 편에 서서, 사용자들이 보다 쉽고 편리하게 정보를 이용할 수 있게 하고, 나아가 데이터가 많으면 많을수록 더 완벽한 맞춤 서비스를 제공해 줄 수 있다고 말해 왔어."

다스 베이더는 곧바로 맥스데이에 들어갔다. 신간 코너에서 새로 나온 과학 책을 검색했다. 《힉스입자 표준 이론을 증명하다》라는 책을 클릭했다. 거기에 다스 베이더는 간단한 댓글과 함께 자신만의 비밀 숫자를 입력하고 업로드 아이콘을 눌렀다. 그 숫자는 맥스데이에 심어 놓은 스파이더 로봇과 연결하는 코드였다.

맥스데이의 웹서버에 숨어 있는 로봇은 수시로 신간 코너를 스캔해서 주인이 보낸 메시지가 있는지 확인한다. 주인 명령이 떨어지기 전에는 절대 노출되어서는 안 된다. 만약 웹 관리자가 뿌려 놓은 헌터로봇에게 잡히면 자폭하도록 설정되어 있었다.

로봇은 다스 베이더에게 웹 관리자의 아이디와 패스워드를 전송했다. 그리고 자폭 스위치를 켰다. 웹 관리자의 정보를 주인에게 보내는 것으로 해야 할 일이 끝났다는 것을 의미했다. 주인은 그 시스템에서 일을 마치고 나갈 때 새로운 버전의 로봇을 심어 놓을 것이다.

다스 베이더는 웹 관리자의 신분으로 맥스데이의 주요 시스템을 훑기 시작했다. 이것은 최대한 신속하게 움직여야 하는 것이었다. 진짜 웹 관리자가 침투 방지 시스템으로 점검하면 금방 자신과 동일한 패스워드를 쓰고 있는 가짜를 찾아낼 수 있기 때문이었다.

다스 베이더는 맥스데이에서 유니온에이 사의 내부 네트워크로 침투했다. 곳곳에 방화벽과 침투 방지 시스템이 가로막고 있었지만, 맥스데이의 웹 관리자 신분이 크게 도움이 되었다. 하지만 이 아이디로는 오래 갈 수 없다는 것을 알고 있기 때문에 다스 베이더는 시스템 관리 디렉토리로 들어가서 관리자의 아이디와 패스워드를 복사했다. 디렉토리를 빠져나올 때는 어김없이 로그 파일을 지웠다.

이번에는 다스 베이더가 시스템 관리자 신분으로 계정을 관리하는 디렉토리를 찾았다. 검색 기능과 소셜 미디어를 가진 거대 인터넷 기업인 유니온에이 사는 엄청난 숫자의 계정을 보유하고 있었다.

수십 억의 계정을 일일이 확인하는 것은 불가능한 일이었다. 다스 베이더는 프로그램을 돌렸다. 기윤의 계정을 찾기 위해서였다. 몇 분의 시간이 흐른 후 프로그램은 기윤의 아이디와 패스워드를 찾아냈다. 다스 베이더는 유니온에이 사의 데이터베이스에서 기윤에 대한 데이터를 조사했다. 아주 상세하고 체계적으로 기윤이 하니원과 맥스데이에서 활동한 내용이 파일로 저장되어 있었다. 기윤이 어떤 인물인지 분석한 파일도 있었다.

abraxastra141592653-17 매우 치밀하고 냉철한 논리의 소유자지만 감정적이고 충동적인 성향이 있다. 자존심이 강하다. 한편으로는 매우 성격이 여리나 그것을 철저하게 감추려고 한다. 남들보다 못하다고 느끼는 것은 철저하게 숨긴다. w3p 훈련을 착실하게 받아서 뇌가 크게 강화되었다. 실험 대상자로 아주 충실한 편이다. 하지만 감정 통제에 문제가 있다. 보다 철저한 관리가 필요하다.

"수십 억 명의 회원을 이런 식으로 하나하나 분석하다니, 도저히 믿을 수 없는 일이야."
마리가 두려움에 떨며 말했다.
"그만큼 막강한 시스템을 갖추고 있다는 걸 의미하지. 유니온에이 사는 전 세계 주요 지역에 허브 서버를 구축해 놓고 방대한 데이터를 분산 처리하는 세계 최고의 컴퓨터 시스템을 가지고 있어."

다스 베이더가 말했다.

"w3p? 이게 뇌 강화 훈련인 것 같은데."

다스 베이더는 내부 검색란에 w3p라고 쳤다. 월든3 프로젝트의 약자라고 되어 있었다.

마리가 키보드를 띄워서 월든을 검색했다. 《월든》은 헨리 데이비드 소로우가 2년 동안 미국의 시골 숲에서 머물며 생활한 내용을 쓴 책이었다. 그곳에서 소로우는 자연의 위대함과 인간의 자유에서 대해서 사유했다. 검색 리스트에는 《월든2》도 있었다. 행동주의 심리학자 스키너의 소설 제목이었다. 이 소설에서 스키너는 심리주의적인 이상사회를 그려 내고 있는데, 그의 주장은 인간은 행동으로만 파악될 수 있으며 반복 심리 훈련으로 인간 성격을 개조하거나 원하는 특성의 인물을 창조할 수 있다고 했다.

내부 검색란에는 바로 스키너의 생각을 네트워크에서 실현하는 것이 월든3 프로젝트라고 간략하게 설명해 놓았다. 놀라운 일이었다. 인간을 원하는 대로 개조할 수 있다니, 무서운 생각이 아닌가. 결국 기윤은 월든3 프로젝트의 희생자가 아닐까. 다스 베이더는 월든3 프로젝트에 대한 내부 문건을 더 조사했다. 놀라운 문건 하나를 발견했다. 다스 베이더는 그것을 다운로드하고 시스템을 빠져나왔다. 시간이 너무 지체되어 노출될 수도 있었기 때문이었다. 다운받은 내부 문건이 스크롤되어 올라갔다.

분류번호 : VX2835-442

제목 : w3p 추진 현황 – 35

작성자 : P. k. youwon

1. 월든3는 캐릭터의 욕구와 의지를 인지하고 그 능력을 극대화하는 프로그램이다. 캐릭터 내부에 깊숙이 감춰져 있는 욕망을 끄집어내어 철저하게 분석한다. 인간이면 누구나 정신 능력을 강화하고 싶은 욕망을 가지고 있다. 뇌의 진화는 환경을 이겨 내기 위한 유전자의 생존 본능이다. 그러므로 뇌 기능 강화 프로그램은 인간 종의 진화를 앞당기는 것이다.

2. 캐릭터의 뇌 강화 훈련 성취 정도에 따라 헤프랄프로모티브의 복용 여부를 판단한다. 뇌 강화 훈련에 진척이 없는 캐릭터는 포기한다. 보안을 위해 포기한 캐릭터는 제거 대상이다. 헤프랄프로모티브에는 분자 크기의 나노봇이 들어 있다. 나노봇은 약이 몸속에 들어가 분해되면 물 분자와 결합해서 혈류를 타고 뇌로 들어간다. 뇌에서 나노봇은 뉴런텐스에서 집중적으로 강화시킨 우뇌의 기능을 더욱 증폭시키는 일을 한다. 시냅스를 늘이고 신경전달물질의 대량 분비를 유도해서 임계점에 도달한 뇌의 기능을 폭발적으로 향상시킨다. 시간이 지나면 이 역할은 달라진다.

3. 뇌에는 이물질의 침투를 막는 혈뇌장벽이라는 것이 있다. 뇌 모세

혈관의 내피세포는 다른 세포와 달리 매우 촘촘해서 웬만한 크기의 물질은 통과하지 못한다. 이것은 뇌에 필요한 산소나 당 따위는 통과하지만 그것보다 큰 물질은 통과되지 못하게 해서 이물질의 침투를 막는다. 헤프랄프로모티브에 들어 있는 작은 분자 크기의 나노봇은 혈뇌장벽을 쉽게 통과한다.

4. 헤프랄프로모티브를 단기간 복용한 사람에게서 나노봇의 역할은 미미하다. 뉴런텐스의 강화 훈련이 있어야 나노봇의 작용이 상승효과를 일으킨다. 일반 사람이 헤프랄프로모티브를 먹었을 때는 진통 효과밖에 없다. 헤프랄프로모티브를 장기간 복용할 경우, 일정량 이상 쌓인 나노봇들이 서서히 결합하기 시작한다. 일정 숫자 이상의 나노봇이 결합하면 새로운 형태의 로봇이 된다. 스스로 네트워크를 형성하고 내재된 프로그램이 작동하면서 입력과 출력이 가능한 시스템으로 바뀌는 것이다. 이 로봇은 자사와 네트워크를 형성하고 새로운 임무를 부여받는다. 우리는 이 로봇을 통해 특정 뇌 부위를 활성화시키거나 억제할 수 있다. 즉, 뇌를 우리 뜻대로 조종할 수 있는 것이다.

5. 아직 프로젝트가 완결되지 않았다. 한 가지 중요한 문제가 있다. 뇌의 지능이 강화되고 특수한 능력이 향상될수록 다른 한쪽에서 이상 증상이 일어나고 있다. 일부 캐릭터(실험 대상자) 중에서 극심한 우울증과 충동적이고 공격적인 성향의 심리 상태가 발견된다. 아마도 우뇌의 기능이 극단적으로 강화되고 상대적으로 좌뇌의 기능이 떨어지면서

감정을 조절하는 기능의 일부가 손상된 것 같다. 원인 분석을 더 할 필요가 있다. 지속적인 실험을 위해서 캐릭터 확보가 필수적이다. 하니원과 맥스데이를 활용해 충분한 실험 대상자를 확보해야 할 것이다.

"도대체 이게 뭐야?"

영우는 너무 놀라 입을 다물지 못했다.

"그렇다면 기윤은 유니온에이 사에 의해 통제를 받고 있었다는 거잖아. 기윤이 스스로 그렇게 말했어. 자기가 왜 그런 행동을 하는지 모르겠다고. 자기 안에 자기가 없다는 말까지 했어." 마리도 흥분을 감추지 못했다.

"이건 말도 안 돼. 어떻게 이런 일이 있을 수 있어."

영우가 정신 나간 사람처럼 중얼거렸다.

"충분히 있을 수 있어."

다스 베이더가 침착하게 말했다.

"베리칩이라는 개인 식별 장치가 있어. 쌀알보다 작은 크기의 전자칩인데, 주사기로 간단히 인체에 주입할 수 있고, 무선 통신이 가능하기 때문에 언제 어디서든 식별이 가능하지. 외부의 데이터베이스와 연결되면 각종 생체 정보, 금융 정보, 의료 정보 따위를 알 수 있고, 지피에스(GPS)를 통해 위치 정보까지 추적할 수 있어."

"정말 그런 게 있단 말이야?"

영우는 믿지 못하는 표정이었다.

"뇌에 미세 전극을 삽입해서 컴퓨터와 통신을 하는 거지. 생각만으로 데이터를 전송하고 기계를 움직이는 실험도 벌써 성공했어. 시뮬라크르나 하니원도 뇌 스캔을 통해 기억을 추적하고 생각을 읽고 있잖아."

"그, 그렇지."

영우는 더 이상 따지지 못했다. 그것은 먼 미래나 공상과학소설에나 나오는 얘기가 아니었다. 현실이었다.

정적이 감돌았다. 유리 벽 너머 바깥은 어둠이 내렸다. 사라져 가는 잔광이 검은 능선 위로 희미하게 빛나고 있었다. 밖이 어두워질수록 방 안은 천장의 조명 때문에 더 밝아졌다.

마리가 말했다.

"기윤은 뛰어내릴 생각이 없었어. 실수로 떨어진 거야. 그리고 지금까지 자살 체험방에서 뛰어내려서 실제로 다친 사람은 없어. 기윤이 떨어지는 순간 유니온에이 사가 나노봇에게 뭔가 지시를 내린 게 아닐까. 이를테면 자폭 프로그램을 작동시켰던가."

"그럴 수 있어. 그게 어떤 식으로든 뇌에 충격을 줘서 의식을 잃게 만들었을 거야. 이건 유니온에이 사가 시뮬라크르를 노리고 있다는 걸 의미해."

다스 베이더가 신중하게 말했다.

"그건 또 무슨 소리야?"

영우가 따지듯 물었다.

"유니온에이 사는 기윤이 시뮬라크르와 자살 체험방에 가리란 것을 알고 있었어. 아니면 그쪽으로 유인했을 수도 있지. 그리고 기윤은 이미 제거 대상이었을 거야. 조금 전 문건에도 그런 말이 나와 있었잖아. 포기하면 제거해야 한다고. 게다가 자살 체험방에서 죽어 주면 시뮬라크르를 공개적으로 몰아붙일 수 있다는 생각까지 한 거지."

"왜 시뮬라크르를 적대적으로 여기지?"

마리가 물었다.

"추구하는 목적이 달라. 시뮬라크르는 누군가가 독점하고 누군가를 통제하려는 프로그램이 아니야. 시뮬라크르는 미래 사회에 인류가 어떻게 공동체를 이루며 평화롭게 살 것인가를 시뮬레이션하고 있어. 하니원은 그 반대지. 독점하고 통제하고 지배하려고 하는 거야. 그들은 어쩌면 시뮬라크르가 가지고 있는 데이터도 탐이 났을 거야. 그리고 또 한 가지……."

"또 한 가지는 뭐야?"

마리가 다그쳤다.

"또 한 가지는 시뮬라크르에 유니온에이 사와 같은 거대 기업을 비판하는 세력이 있다는 것. 나는 에르네스토 회원이야."

"뭐라고!"

영우와 마리가 동시에 소리쳤다.

"아마 나에 대한 정보도 다 가지고 있을 거야."

다스 베이더는 담담하게 말했다.

"그, 그럼 지난번에 아도겐에서 마리를 납치하려고 했던 것도⋯⋯."

다스 베이더도 마리에게 들어서 그 사실을 알고 있었다.

"거의 그렇다고 봐야지. 마리를 납치해서 미끼로 이용하거나 아니면 내게 직접적으로 협박하려고 했을 수도 있어."

"그렇다면 그들은 에르네스토의 멤버를 모두 알고 있다는 거야?"

마리가 괴로운 얼굴로 말했다.

"그건 알 수 없어. 모든 정황으로 봤을 때 나는 그들에게 노출됐을 가능성이 크다고 봐야지."

다스 베이더가 말했다.

"그럼 이제 어떡하지?"

영우가 말했다.

"기윤이 혼수상태에 빠진 것은 시뮬라크르와 관계없다는 것을 세상에 알려야지. 그리고 유니온에이 사의 음모도 밝히고."

마리가 말했다.

"그것도 그거지만, 일단 에르네스토에게 이 사실을 알려야 해. 그리고 유니온에이 사를 더 면밀히 조사해야겠어. 뭔가 더 큰 음모를 꾸미고 있는 게 틀림없어."

"그게 뭔데?"

"월든3 프로젝트만 봐도 그들이 얼마나 무서운 계획을 꾸미고 있는지를 보여 주고 있어. 뇌의 능력을 키울 수 있다는 것은 인간이면 누구나 빠질 수 있는 유혹이야. 그들은 특정 개인이 아니라 인류 전체를 상대로 음모를 꾸미고 있어. 월든3 프로젝트는 단지 일부에 불과할 수도 있어. 그걸 찾아내야 해."

잠시 침묵이 감돌았다. 너무나 엄청난 일이라 마리도 영우도 망연자실했다.

"유니온에이 사와 싸울 수 있는 상대는 에르네스토밖에 없어. 에르네스토는 전 세계에서 가장 뛰어난 해커들이 모여 있어. 우리는 비밀리에 서로 정보를 교환하고 공동의 적과 맞설 준비를 해 왔어. 거대 기업이 선하다면 그 능력으로 모든 사람이 더불어 행복할 수 있는 세상을 만들 수도 있을 거야. 하지만 거대 기업은 일부 정치가, 기술 전문가들과 결탁해서 세상을 그들만의 것으로 만들고 있어. 네트워크를 장악하는 순간 그들이 지배하는 세상이 되는 거야. 하지만 에르네스토가 있는 한 뜻대로 쉽게 되지는 않을 거야."

다스 베이더의 눈이 빛났다. 영우는 갑자기 다스 베이더가 왜 닉네임을 다스 베이더로 했는지 궁금했다. 악은 악으로 맞서야 한다? 알 수 없었다.

"난 그만 돌아갈게."

다스 베이더가 자리에서 일어났다.

"아참, 연경이 문제는 곧 해결될 것 같아. 슈뢰딩거의 고양이는 절대로 죽지 않아."

"무슨 소리지?"

마리의 눈이 커졌다.

"평행우주에 무슨 문제라도 있는 거야?"

"그럴지도 모르지."

"나한테 중요한 것은 연경이 정말 살아 있느냐는 거야."

"글쎄, 죽지 않는 것도 문제이지 않을까."

"그게 무슨 말이야?"

"조금만 기다려. 좀 더 알아볼 게 있어."

마리가 입을 다물었다. 다스 베이더가 잠깐 망설이더니 돌아서서 자리를 떴다.

다시 정적이 흘렀다. 영우는 머릿속이 복잡했다. 전에 마리가 말한 것처럼 자신의 뇌가 보고 있는 세상이 정말 진짜인지 의심스러웠다. 기윤처럼 조종당하고 있는데도 의식하지 못한다면 내가 진짜 나인지 어떻게 알 수 있단 말인가. 그야말로 가상과 현실의 구분이 무의미해질지도 모른다는 생각이 들었다.

네트워크에 시뮬라크르와 같은 사이트가 얼마나 있는지도 궁금했다. 유니온에이 사가 집중적으로 개발하는 것으로 봐서 다른 거대 기업도 관심을 가질 게 분명했다. 어쩌면 그들도 암암리에 만들고 있을 지도 몰랐다. 어떤 세상이 올까. 광대한 네트워크에서 수많은 뇌 스 캔 시뮬레이션 사이트가 존재하고 그들 사이에 네트워크가 형성되면 어떤 세상이 될까.

영화 〈공각기동대〉가 현실이 되는 게 아닐까. 영화를 처음 보았을 때 영우는 무슨 내용인지 전혀 이해하지 못했다. 전뇌, 의체, 사이보 그……. 하지만 이제는 이해가 갈 것 같다. 그만큼 세상은 영화가 보 여 준 시대에 다가가고 있는 것인지도 몰랐다.

"사는 게 뭘까."

느닷없이 마리가 말했다. 그 순간 영우는 마리를 처음 만났을 때 중국집 라오허에서 마리가 했던 질문이 생각났다. '넌 왜 살아?' 그때 뭐라고 대답했는지 영우는 생각나지 않았다. 그런데 신기하게 마리 가 했던 말은 똑똑하게 생각났다. '사는 게 본능이면 어쩌지.'라던 그 말…….

"정말 이곳에서도 살 수 있을까."

마리가 혼잣말을 하듯 중얼거렸다.

영우의 머릿속에 이런저런 생각이 떠올랐다. 하지만 확신할 수 있 는 건 아무것도 없었다. 마리가 많이 지쳤으리라는 것은 어렵지 않게 짐작할 수 있었다.

"어릴 때 아빠는 넌 세상에 유일한 존재니 네 삶도 유일한 것이라고 말했어. 아빠는 80년대에 청년 시절을 보냈는데, 가끔씩 그때 얘기를 하셨어. 그때는 열정이 있었던 것 같아. 아빠는 친구들과 밤을 새우며 세상과 인생에 대해서 얘기를 했다고 했어."

마리가 가족 얘기를 한 것은 처음이었다.

"아빠는 출판사에서 일을 하셨는데 여기저기로 많이 옮겨 다녔던 것 같아. 나중에 엄마의 잔소리를 들어 보면 돈도 잘 벌어 오지 못했던 것도 같고. 그래도 난 늘 아빠가 좋았어. 아빠에게는 풍기는 멋이 있었어. 세상의 뜻대로 사는 것이 아니라 내 뜻대로 산다, 뭐 이런 느낌. 지금 나를 보면 뭐라고 하려나."

영우가 마리를 돌아보았다. 마리의 눈과 마주쳤다. 입가에 짧은 미소가 지나갔다.

"5년 전에 돌아가셨어. 술을 너무 많이 드셨지. 그 바람에 엄마가 생활 전선에 뛰어들었고, 난 늘 혼자였지. 동생도 없었으니까. 나는 나의 유일한 삶을 꿈꿨어. 남들이 만들어 놓은 세상에 맞추어 사는 것이 아니라 내 삶을 사는 거. 엄마만 없었다면 진작에 학교도 때려치웠을 거야."

마리가 잠시 말을 끊었다. 영우는 저도 모르게 자신의 아버지가 생각났다. 마리의 말에 자극을 받은 것이리라. 술 담배 안 하고 언제나 깔끔한 양복에 거의 정시에 퇴근하는 원칙주의자. 어쩌면 마리의 아버지와는 아주 대조적이었을 것 같다는 생각이 들었다. 아버지의 얼굴이 떠올랐다. 가슴속에 안개가 차올랐다. 지난날이 생각났다. 기억하고 싶지 않지만 어쩔 수 없이 떠오르는 기억.

초등학교 3학년 때 문방구에서 물건을 훔친 것 때문에 영우는 아버지에게 죽도록 매를 맞았다. 문방구 앞에 있는 뽑기 기계가 고장이 나서 장난감 인형이 와락 쏟아졌고 다른 친구들이 주워 가기에 영우도 하나 집었다가 주인 아저씨한테 잡혔다. 그때 영우는 그것이 도둑질이라는 것을 몰랐다. 주인 아저씨가 쫓아 나오자 아이들은 달아났고 영우는 왜 달아나는지 몰라서 엉거주춤 서 있다가 붙잡혔다.

주인 아저씨가 집 전화번호를 대라고 윽박질렀고 얼마 뒤 아버지가 나타났다. 그때 문방구 앞에서 자신을 바라보던 아버지의 얼굴을 영우는 잊지 못한다. 지금도 꿈속에서 등장하는 가장 무서운 형상이 그때 아버지의 얼굴이다. 그때부터 영우는 그 어떤 일도 적극적으로 나선 적이 없었다. 무엇이든 남이 시키면 얌전히 하지만, 스스로 무엇을 하려 하면 두려움이 앞섰다. 그 일을 해내지 못하고 남들의 웃음거리만 될 것 같은 불안이 늘 발목을 잡았다. 괴롭지만 벗어날 수 없는, 언제나 따라다니는 기억이었다.

"요즘 들어 내 뜻대로 사는 게 뭔지 모르겠다는 생각이 들 때가 많아. 내가 하는 것이 정말 내가 원하는 건지, 아니면 내가 원하는 것이 무엇인지도 모르면서 착각하고 있는 건지. 내가 왜 남들 눈에는 문제아처럼 보여야 하는지 모르겠어."

마리가 말했다.

'난 그런 네가 좋은데.'

영우는 속으로 생각했다. 영우의 얼굴이 붉어졌다. 생각을 감출 수는 있어도 마음의 움직임을 숨기기는 어려운 것이다. 다행히 마리는 영우를 보지 않았다. 마리는 어두워진 창 너머로 불규칙하게 빛나는 도시의 야경을 보고 있었다. 마리가 말했다.

"그때 그 시 기억나?"

"무슨 시?"

"내가 연경에게 보냈던 시 말이야. '물론 나는 알고 있다. 오직 운이 좋았던 덕택에 나는 그 많은 친구들보다 오래 살아남았다. 그러나 지난 밤 꿈속에서 이 친구들이 나에 대하여 이야기하는 소리가 들려왔다. '강한 자는 살아남는다.' 그러자 나는 자신이 미워졌다.' 브레히트의 시야."

영우는 생각이 났다. 연경이 남긴 글 중에 있었던 것이었다.

"연경에게 보내고 나서 많이 후회했어. 하지만 이미 엎질러진 물을 담을 수는 없었어. 그 시대로라면 나는 살아남았고 그래서 강한 자일지도 모르지. 비겁하게 살아남은 강한 자."

"너는 비겁하지 않았어."

영우가 말했다.

"솔직히 말하면, 강한 척한 거야. 그래야 살아남으니까."

"……."

그 순간 영우는 뭔가가 강하게 자신의 심장을 두드리는 소리를 들었다. 가슴이 먹먹해졌다. 자신도 몰랐던 진실 앞에 서 있는 자신을 발견했다. 7년 전 문방구의 물건을 훔친 것이 며칠 전 해킹한 시험지를 몰래 본 것과 동일하다는 사실을 깨달았다. 7년 전에도 그것이 도둑질이라고 생각하지 않았다. 며칠 전에도 약간의 가책은 느꼈지만 자신이 범죄자까지는 아니라고 생각했다. 범죄자는 해킹한 사람이고 자신은 단지 길에 떨어진 행운을 얻은 것뿐이라고 생각했다.

아버지에게 맞아서 소심해진 것이 아니라 자신을 속였기 때문에 소심해진 것이었다. 소심한 것이 잘못된 게 아니고 비겁한 것이 문제였다. 그래서 지금까지 그냥 살아가는 것 외에 다른 것에 관심을 가질 수 없는 인간이 되었던 것이다. 영우는 눈물이 날 것 같았다. 하지만 참았다. 영우가 말했다.

"어쨌거나 해킹한 시험지를 본 우리는 모두 비겁했어."

"그래. 사는 게 비겁투성이야. 치사하고."

영우는 넌 아니라고 말하고 싶었다. 하지만 입이 열리지 않았다. 다스 베이더가 했던 말이 생각났다. '강한 자는 살아남는다.' 살아남기 위해서 비겁해도 되는 것인가. 정말 강해야만 살아남는가. 강한 것이 뭔가. 결국 비겁함을 넘어설 수는 없는 것인가. 그래서 다스 베이더란 닉네임을 지은 건가, 살아남기 위해서. 영우는 가슴이 쓰렸다.

이것을 현실이라고 해야 하는가. 이것이 진짜 현실인가.

"하멜른의 피리 부는 사나이 알아?"

마리가 말했다.

마리는 오히려 조금씩 기분이 바뀌고 있는 것 같았다.

"뜬금없이 그 얘기는 왜?"

"오래전부터 그 얘기를 좋아했어. 참 기묘한 이야기라는 생각을 했어. 피리를 불어 쥐들을 강물에 빠뜨렸다는 거나, 약속한 돈을 주지 않는다고 아이들을 꾀어 어디론가 데려갔다는 게 말이야. 섬뜩하지 않아? 도대체 아이들을 어디로 데려갔을까. 피리 부는 사나이는 착한 사람일까 나쁜 사람일까?"

"……."

"우리는 모두 피리 부는 사나이가 데려간 아이들이지 않을까."

잠시 말이 없었다. 마리는 깊은 생각에 잠겨 들었다.

"나 먼저 나갈게."

영우가 말했다. 마리가 얼굴을 들어 살짝 웃음을 지으며 고개를 끄덕였다. 영우는 로그아웃을 눌렀다. 마리는 오래도록 그 자리에 있었다. 유리 벽 너머 창밖으로 끊임없이 빛이 명멸하고 있었다.

영원히 죽지 않는 고양이

며칠 뒤, 인터넷은 새로운 사건으로 뜨겁게 달궈지고 있었다. 에스엔에스 여러 곳에서 유니온에이 사에 대한 폭로 기사가 올라오기 시작했다. 글은 대부분 에르네스토라는 이름으로 올라왔다. 하지만 순식간에 여기저기에서 퍼 나르기 시작하면서 출처의 존재는 곧바로 희미해져 버렸고, 기사는 상상조차 할 수 없을 정도로 빠르고 넓게 인터넷 전체로 퍼져 나갔다. 마치 퍼트려진 기사나 댓글들이 모두 해킹에 의해 조작된 것처럼 느껴질 정도였다. 왜냐하면 뿌려진 기사들을 보면 조금씩 내용이 달라, 여러 개를 취합해서 짜맞춰 봐야 전체 내용을 이해할 수 있었기 때문이었다. 그것은 마치 소문이 퍼지면서 조금씩 와전되는 것과 비슷했다. 어쨌든 기사 내용을 추려서 정리해 보면 다음과 같다.

유니온에이 사의 가공할 음모를 폭로한다. 유니온에이 사는 자사의 미디어, 포털 사이트, 에스엔에스, 커뮤니티 시뮬레이션, 온라인 게임, 스마트폰, 클라우드 컴퓨팅 등 인터넷과 접속할 수 있는 모든 매체를 동원해서 가입자나 회원의 정보를 수집, 데이터베이스를 만들어 왔다. 심지어 자사의 계열사(보험사, 증권사, 제약 회사, 종합 병원, 대형 마트)가 가지고 있는 개인 정보를 네트워크 정보와 통합해서 데이터베이스를 구축했다.

최근 신경공학의 발달은 뇌의 다양한 기능과 작동 원리를 이해하고 제어할 수 있는 수준에 이르렀다. 이것은 생물학적 인간을 디지털 수단으로 통제할 수 있음을 의미한다. 유니온에이 사의 가공할 음모는 여기에서 출발한다. 지금까지 과학이 밝힌 생물학적 인간의 특성을 유니온에이 사는 약 300가지 유형으로 분류하고 있다. 인간을 마치 진열장에 있는 상품처럼 외모, 성격, 유전자, 뇌 능력에 따라 어떤 유형의 인간인지 분류하는 것이다. 지능은 얼마고, 성격은 소심한지 적극적인지, 음식은 어떤 것을 좋아하며, 취미는 무엇이고, 대인 관계는 원만한지 외톨인지 등 분류 유형은 매우 복잡하고 세밀하다. 지금까지 수집한 막대한 개인 정보는 각 개인을 유형별 분류에 따른 인간 가운데 하나로 결정하고 최종적으로 이용할 가치가 있는 소비자인지, 아니면 체제 부적격자로 감시와 통제를 받아야 할 인물인지 결정한다.

지금까지 알아낸 바에 따르면 유니온에이 사는 다음과 같은 개인 감시 등급을 정해 놓고 있다. 제거(7), 위험(49), 요주의(77), 잠재 대상자 (336), 가능 징후군(672), 기타(1001). 괄호 안에 있는 숫자는 그 등급의 대상자를 관리하는 시간이다. 예를 들면, 제거 7은 7일 내에 제거하라는 뜻이고, 위험 49는 49일 주기로 감시 결과를 분석 보고해서 등급을 재조정한다는 뜻이다. 인간의 유형은 320가지인데, 1~20 제거 대상자, 21~60 위험 대상자, 61~120 요주의 대상자, 121~320까지는 잠재 대상자, 가능 징후군, 기타의 분류에 속한다. 이 분류는 기본적으로 유니온에이 사의 십 억이 넘는 모든 회원에게 적용하고 있으며 추후에는 회원이 아닌 사람까지 영역을 넓혀서 궁극적으로 전 세계 모든 사람에게 적용할 것이다.

이번 강기윤 학생의 의식 불명 사건도 진실은 따로 있다. 그 학생은 시뮬라크르의 자살 체험방에서 자살을 시도했기 때문에 그렇게 된 것이 아니다. 유니온에이 사의 개인 목록 파일에는 강기윤 학생이 제거 대상자로 기록되어 있다. 추후 결과가 밝혀지겠지만 그 학생은 교묘하고 은밀한 방법에 의해 테러를 당한 것이다.

유니온에이 사가 소비자로 보는 인간 유형은 121번째 이상부터다. 그 이전 분류에 속하는 개인은 통제와 감시의 대상이다. 소비 대상자로 분류된 121 이상의 개인은 취향에 따라 소비 욕구를 자극하면 구매 충동을 일으킨다. 거대 기업은 개인의 감정과 행동마저 맞춤형으로 조종하고 통제한다. 소비자는 한 사람의 인격적 주체가 아니라 물건을 생산하는 기계처럼 물건을 소비하는 기계로 전락하는 것이다.

누리꾼들의 반응은 뜨거웠다. 기업이 개인 정보를 수집하는 것은 어제오늘의 일이 아니지만 유니온에이 사가 회원을 감시하고 통제하는 것도 모자라 그들의 분류 방식에 따라 사람의 생명도 좌지우지하고 있다는 것은 충격을 넘어 경악이었다. 댓글의 절반 정도는 도저히 믿을 수 없다는 반응이었지만 나머지 절반은 분노와 비난으로 뒤덮였다. 그들은 유니온에이 사를 압수 수색하고 수사를 해야 한다고 주장했다.

유니온에이 사가 성명을 발표했다. 고객에 대한 정보를 가지고 있는 것은 사실이지만, 그것은 어디까지나 맞춤 서비스를 위한 자료일 뿐, 결코 감시나 통제를 위한 것은 아니라는 것이다. 게다가 제거 대상자까지 만들어 놓고 사람의 생명을 위협하는 짓은 상상도 할 수 없는 일이라고 단언했다. 오히려 우리 사회가 지금 이상한 방향으로 흐르고 있다, 어떻게 불법으로 남의 사이트에 침입한 해커들을 두둔하고, 그들의 주장에 일방적으로 동조할 수 있느냐는 것이었다. 그리고 자신들이 여론 몰이로 마녀 사냥을 당하고 있다고 주장했다.

경찰은 신중한 태도를 보였다. 유니온에이 사를 수사하기 위해서는 글을 올린 에르네스토라는 해커가 경찰에 출두해서 자신들의 글이 사실임을 밝혀야 한다는 것이었다. 그러기 전에는 단순히 누리꾼들의 댓글만으로는 수사할 수 없다고 했다. 하지만 누리꾼들은 경찰의 주장에 거센 비난을 쏟아 부었다. 해커가 어떻게 경찰에 자진 출두를 하겠냐는 것이었다. 그것은 결국 경찰이 수사를 하지 않겠다는 말과 같은 의미였다. 이것이 거대 기업이 우리 사회를 지배하고 있는 산 증거라고 누리꾼들은 성토했다.

병원 관계자는 기윤이 아직 의식 불명이나 손가락이나 동공의 인지 상태로 봐서 곧 의식이 깨어날 것으로 내다봤다. 덧붙여서 만약 뇌의 특정 부위에 손상을 입었다면 모든 기억이 정상으로 돌아올지 여부는 아직 판단하기 이르다고 했다. 그러나 많은 전문가들은 침습성기기로 두개골을 뚫어 신경세포에 자극을 준 것이 아니고 단순히 전자기파를 쏘았기 때문에 그것으로는 뇌에 물리적인 손상을 입히기 어렵다고 주장했다.

유니온에이 사를 성토하는 누리꾼들도 시뮬라크르의 자살 체험방에 대해서는 비판적이었다. 거기에 더해서 인터넷에서 자살 관련 사이트들을 모두 폐쇄시켜야 한다는 목소리도 커졌다.

"헤프랄프로모티브와 나노봇도 인터넷에 올려야 하는 거 아냐?"

바벨IIID의 D447-66호에서 영우는 에스엔에스에 오른 댓글들을 클릭하며 말했다.

"너무 세부적인 것이라 오히려 역효과를 일으킬 수도 있어. 유니온에이 사가 방대한 네트워크 통제력으로 언론 플레이를 할 수도 있어. 그러면 에르네스토가 역으로 궁지에 몰릴 수도 있어. 아직까지 해커에 대한 일반인들의 인식이 좋지 않잖아."

다스 베이더가 조용히 말했다.

"그래도 사람들을 납득시키기 위해서는 유니온에이 사가 얼마나 비열하고 야만적인 기업인지 알려야 해."

마리가 목소리를 높였다.

"자살 체험방에 대한 비난의 목소리만 더 커졌어."

"시뮬라크르의 관리부에서도 여론 때문에 자살 체험방을 폐쇄해야 한다는 소리가 커지고 있어."

다스 베이더가 말했다.

"안 돼. 그렇게 할 수는 없어. 유니온에이 사의 진실을 밝히지 않고는 자살 체험방을 닫을 수 없어. 기윤이 사건을 자살 체험방의 문제로 몰아 자신들의 음모를 은폐하고 서둘러 의혹을 잠재워 버리려고 하는 거야."

"그렇다고 봐야지. 어쨌든 지금은 신중하게 대처할 수밖에 없어."

"아, 그럼……"

영우가 말했다.

"기윤을 분석한 파일에서 처음에 적혀 있었던 그 숫자가 제거 대상자를 가리키는 거였구나."

"그렇지. abraxastra141592653-17. 여기서 앞 글자는 기윤의 아이디고 그 다음 숫자는 기윤의 회원 일련번호야. 그리고 하이픈 다음에 있는 17이라는 숫자가 그들이 기윤을 분류한 숫자지. 20 이전까지는 제거 대상자라고 했지."

다스 베이더가 말했다.

"그런데 왜 제거 대상자지?"

영우가 말했다.

"기윤은 자신에게 벌어지는 일을 의심하기 시작했어. 그건 기윤이 위험한 행동을 할지도 모른다는 판단을 하게 만들었어. 더구나 그 프로젝트는 아직 완결된 것도 아니야. 초기 실험 대상자들은 희생되기 마련이지."

다스 베이더가 말했다.

"정말 무서운 사람들이야."

마리가 분노를 삭이며 말했다. 그때 갑자기 화면 중앙에 메일 박스가 깜박거렸다.

"나한테 온 거야."

마리가 말했다.

"잠깐 확인 좀 하고."

마리가 손을 뻗어 메일 박스를 클릭했다.

"엉? 보낸 주소가 없는데, 혹시 연경이?"

"뭐?"

영우가 놀란 표정을 지었다.

"그래?"

다스 베이더가 재빨리 첨부 파일을 열었다.

"연경이 맞아!"

"뭐라고!"

영우가 소리쳤다. 메일이 화면에 스크롤되기 시작했다.

안녕. 지난번 사진은 잘 받았겠지? 그걸 어디서 찍었는지 너는 잘 기억하지 못할 거야. 괜찮아, 시간이 지나면 잊혀진 기억도 조금씩 되살아나지. 새로운 기억으로 말이야.

오래전부터 인류는 평행우주에 대해서 상상해 왔어. 1600년에 이탈리아의 사제이자 과학자였던 조르다노 브루노는 수많은 우주가 있다고 주장했다가 이단자로 몰려 교회로부터 화형을 당했지. 어쩌면 우리는 브루노의 후예인지도 몰라.

여기는 또 다른 우주야. 지구도 있고 인류도 있어. 지구 바깥의 종족에 대한 탐색이 이루어지고 있지만 아직 발견하지는 못했어. 조만간 그들을 만날 거라고 사람들은 말하고 있어. 세계는 더 이상 싸우지 않아. 민족과 종교, 인종 갈등을 벌이던 분쟁지역은 사라졌어. 모든 인류가 평등하고 자유롭게 하나가 됐어. 지배와 피지배, 차별과 불평등은 존재하지 않아. 가난한 사람도 없고 부자도 없어. 가진 것은 별로 중요하지 않아. 굶주림과 질병도 사라졌어. 모든 인류가 영원히 행복하게 살아갈 거야. 여기가 바로 인류가 오랫동안 꿈꿔 왔던 지상 낙원이지.

난 이곳에서 새롭게 태어났어. 그리고 더 이상 죽음은 없어. 죽음에 대한 공포와 두려움도 존재하지 않아. 이곳에 오길 잘했다는 생각이 들어. 새로운 친구도 많이 사귀었어. 하지만 늘 마음 한구석이 허전했어. 그건 네가 여기에 없기 때문이란 걸 이제야 깨달았어. 네가 함께 해 준다면 정말 행복할 거야. 이곳에는 더 이상 입시 전쟁도 없어. 목숨 걸고 친구와 경쟁하며 공부할 필요도 없어. 마음에 맞는 친구와 함께 하면 그만이야. 아무도 우릴 간섭하거나 괴롭히지 않아. 가끔씩 찾아오는 가족도 무척이나 반갑지. 엄마는 내가 살아 있다는 것을 실감하지 못하는 것 같아. 하긴 죽었던 자식이 살아 왔으니까 받아들이기가 쉽지는 않을 거야. 하지만 시간이 지나면 엄마도 익숙해지리라 믿어. 모두가 고맙고 감사하지. 너도 꼭 오리라고 믿어. 보고 싶다 친구야. 그립다 친구야.

연경이 활짝 웃고 있는 사진이 편지에 뒤따라 붙었다.

마리와 영우가 서로를 바라보았다. 뭐라 설명할 수 없는 표정이 둘의 얼굴에 나타났다.

"나는 짐작하고 있었어."

다스 베이더가 말했다. 마리와 영우는 동시에 다스 베이더 쪽으로 고개를 돌렸다. 가면 속에서 다스 베이더의 눈이 진지하게 빛났다. 다스 베이더가 화면에 숫자를 입력했다.

C97368616D6268616C61BC327B7D

"처음 얼마 동안은 혹시 평행우주로 연결되는 비밀 코드가 아닐까 생각했어. 그래서 라우터나 네트워크 서버의 하위 레벨 프로토콜을 집중적으로 뒤졌어. 국내 네트워크는 웬만큼 뒤졌지만 비슷한 코드는 찾을 수 없었어. 그때서야 뭔가 잘못 짚었다는 생각이 들었어. 양자역학에 대한 자료를 조사하다가 원자와 같은 미시세계를 관측 없이 측정하는 데 성공했다는 기사를 읽었어. 그 과학자들은 2012년에 노벨 물리학상을 받았어."

"응? 그건 무슨 소리야?"

마리가 물었다.

"지난번 메일에서 슈뢰딩거의 고양이 얘기 있었잖아. 그것은 양자역학의 세계는 관측 없이는 아무것도 알 수 없다는 의미를 가지고 있어. 동시에 이곳저곳에 존재할 수는 있지만 관측하지 않으면 어디에 있는지 전혀 알 수 없다는 거지. 그런데 앞에 말한 과학자들은 관측하지 않고도 미시세계의 상태를 알아냈어. 이건 이 우주의 물리현상은 관측에 상관없이 자연의 법칙대로 흘러간다는 것을 말해 주는 놀라운 결과야. 그러니까 상자 안에 든 고양이는 상자를 열든 말든 죽어 있거나 살아 있거나 둘 중에 하나의 상태로 존재한다는 거야."

"그렇다면 상자를 열어서 두 우주로 분기하는 평행우주를 상정하지 않아도 된다는 거잖아."

영우가 말했다.

"그렇지. 평행우주는 상자를 열기 전에 살아 있거나 죽어 있거나 두 상태가 동시에 존재하기 때문에 상자를 열었을 때 살아 있는 세계와 죽어 있는 세계가 따로 분기한다고 주장했지. 여기엔 묘한 문제가 도사리고 있어. 상자 안의 고양이가 죽지 않을 수도 있다는 거지. 이쪽 세계에서는 죽었지만 저쪽 세계에서는 살아 있는 거야. 살아 있는 저 세상에서 또 삶과 죽음의 분기가 일어나면 또 한쪽은 여전히 살아 있는 세계지. 그러니까 고양이는 우주가 분기할 때마다 늘 한쪽에서는 살아 있어. 절대로 죽지 않는 거지."

"그렇구나. 기묘한 우주네."

영우가 중얼거렸다.

"2012년에 노벨상을 받은 과학자들은 바로 이 문제를 해결했어. 관측을 하지 않고도 상자 안에 든 물질의 상태를 알 수 있기 때문에 관측하거나 말거나를 따질 필요가 없어졌어. 그냥 상자 안에서는 양자역학의 특성에 따라 물질들이 상호작용을 하고 그 결과는 상자를 열든 말든 알 수 있다는 거지."

"그런데 그게 지금 연경이 보낸 편지와 무슨 상관이지? 어쨌거나 평행우주 이론이 모순이 없고 누군가가 그것을 증명했다면 메시지는 올 수 있는 거잖아."

마리가 말했다.

"그 자료를 보는 순간 연경의 평행우주에 대해서 의심이 가기 시작했어."

"뭐?"

"처음에는 나도 우리보다 발달된 평행우주가 존재한다면 메시지를 보내올 수도 있다고 생각했어. 하지만 평행우주의 분기는 일어날 모든 가능성이 늘 다른 우주로 존재하게 되는 아이러니가 생긴다는 것을 알게 되면서 의심은 더욱 커졌어."

마리와 영우는 가만히 다스 베이더를 보고 있었다. 다스 베이더의 말이 이어졌다.

"그리고서 연경이 보내온 숫자를 다시 보자, 뭔가가 새롭게 눈에 띄기 시작했어. '61'이란 숫자가 눈에 들어왔어. 61이 세 번씩이나 반복되고 있잖아. 혹시 가장 많이 쓰이는 문자가 아닐까 하는 생각이 들었는데, 순간적으로 아스키코드로 61은 a의 16진수라는 것이 떠올랐어. 그러자 숫자열의 내용이 쉽게 풀어졌지."

"풀었다고?"

마리가 눈을 크게 떴다.

"간단한 거였어. 16진수는 숫자와 문자 두 개로 256개의 모든 아스키코드를 표시하지. 그래서 숫자들을 두 개씩 떼어 놓았어. 이렇게 말이야."

다스 베이더가 화면의 숫자를 다시 배열했다.

C9 73 68 61 6D 62 68 61 6C 61 BC 32 7B 7D

"끝에 있는 세 개의 숫자가 사실은 힌트였어. 32는 십진수 2야. 그리고 7B는 ' { '이고 7D는 ' } '야. 그러니까 앞에 있는 숫자들을 두 개씩 묶으라는 의미였지. 앞에 있는 숫자를 문자로 바꾸면 'shambhala' 우리말로 샴발라. 히말라야 티베트 사람들에게 전해 오는 전설의 낙원 도시 이름이지."

"아!"

영우와 마리가 동시에 탄성을 질렀다.

"이제 감이 오겠지. 샴발라는 바로 연경이 살고 있는 사이트 이름이야."

"뭐라고? 연경이가 살고 있다고?"

마리가 소리쳤다. 그때 유리 벽 전체가 까맣게 변하더니 빨간 글씨가 깜박거렸다.

-시스템 관리부에 스파이 침입. 모든 회원은 비상 체제에 임해 주기 바랍니다.

-데이터베이스 관리부 방화벽 붕괴 위기. 긴급 지원을 요청합니다.

"이, 이게 무슨 소리야?"

영우가 놀라서 소리쳤다.

"올 것이 왔어. 유니온에이 사가 사이버헌터를 보낸 것 같아."

다스 베이더가 빠르게 말했다.

"시스템 관리부에서도 이걸 염려하고 있었어. 유니온에이 사가 틀림없이 공격해 올 거라고 생각했지."

"지금 유니온에이 사가 시뮬라크르를 공격하고 있단 말이야?"

영우가 소리쳤다.

"틀림없어. 그들에게는 시뮬라크르가 눈엣가시야. 제거해야만 자신들이 독주할 수 있으니까. 어쨌든 일단 둘은 여기에 있어. 난 데이터베이스 관리부에 가 봐야겠어. 데이터베이스가 붕괴되면 시뮬라크르는 끝장이야."

"안 돼. 우리도 뭐든지 도와야지."

마리가 말했다.

"여기도 안전하지 못해. 나를 추적하는 놈들도 분명히 있을 거야. 그 녀석들이라도 막아 주고 있어."

다스 베이더는 몸을 날려 순식간에 방문을 열고 사라졌다.

둘은 잠시 멍한 눈으로 서로 쳐다보았다. 마리가 말했다.

"한두 명의 침입자도 아니고 어떻게 이렇게 전면적으로 공격해 올수 있지?"

"다스 베이더가 해킹한 것을 알고 있는 게 아닐까. 보복보다는 혹시나 남아 있을 증거를 없애려고 하는 것인지도 몰라."

"그럴 수 있겠다. 겨우 언론을 틀어막고는 있는데 결정적인 증거가나오면 완전히 수포로 돌아갈 테니까."

그때였다. 누군가 방문을 두드리는 소리가 들렸다. 둘은 긴장했다. 이윽고 쾅! 소리와 함께 복면한 사람 두 명이 뛰어 들어왔다.

"다스 베이더란 작자가 누구야?"

그중에 한 명이 다짜고짜 소리쳤다.

"당신들은 누구야? 여기가 어디라고."

마리가 되받아쳤다.

"흥, 말로 해서는 안 되겠군."

그들의 손에는 무기가 들려 있었다. 단순히 시스템에 침투해 정보를 캐러 온 자들이 아니었다. 제거 명령을 받고 살해를 목적으로 침투한 자들이었다. 헌터들의 공격이 번개처럼 빨랐다. 무기가 허공을가르며 바람 소리를 냈다. 마리는 뒤로 물러서다 무엇에 걸려 넘어졌다. 영우가 그들을 가로막았다. 하지만 번쩍이는 무기 앞에서는 마음대로 몸을 쓸 수 없었다. 격투기를 배울 때 시간이 너무 짧아 무기까지는 배우지 못했다. 영우는 일단 마리 앞을 막아서서 날카롭게 날아드는 무기를 이리저리 피했다. 무기가 영우의 옆구리를 향해 날아드는 순간 영우는 무기를 든 헌터의 오른손을 막으며 동시에 몸을 돌려 발뒤꿈치로 그의 등을 내리찍었다. 헌터 하나가 쓰러졌다. 그 틈을 이용해 영우는 마리를 일으켜 세웠다. 마리가 말했다.

"텔레포트를 할 거야. 정신 바짝 차려."

"텔레포트? 그거 할 줄 알아?"

"나도 배웠어. 가상 공간의 장점이지."

마리는 달리면서 허공에다 문자를 입력했다. 뒤에서 헌터들은 빠른 속도로 쫓아갔다. 그들이 마리와 영우를 따라잡는 순간 마리는 영우의 손을 잡고 정신을 집중했다. 순간 둘은 헌터들 앞에서 사라졌다. 헌터들이 걸음을 멈추고 사방을 두리번거렸다.

"쳇, 텔레포트를 썼군. 어디로 이동했는지 알 수 없으니……, 철수하자."

둘은 투덜대며 엘리베이터로 달려갔다.

마리와 영우는 로비에 서 있었다. 수많은 사람들이 분주하게 움직이고 있었다.

"왜 이렇게 사람들이 많지?"

영우가 말했다.

"바벨IID에 거주하고 있는 사람들이 모두 몰려나온 것 같은데. 보안을 위해 일반 층과 개인 방들이 모두 폐쇄된 것 같아. 헌터들도 로비를 통해 침입하려고 이쪽으로 몰려들겠지. 침입할 방이 여기저기 흩어져 있는 것보다 몇 군데로 좁혀진 것이 방어하기도 쉬울 거야."

"이미 들어와 있는 침입자들도 많을 텐데."

"그렇겠지. 회원 중에도 스파이가 있을 거야. 그렇지 않으면 이렇게 쉽게 뚫리지도 않았어."

"우리는 이제 어떡하지?"

"다스 베이더를 도와주러 가야지. 헌터들도 그곳을 집중적으로 공격할 거야."

데이터베이스는 지하에 있었다. 지하로 내려가는 엘리베이터 앞에는 수많은 사람들이 모여 서로 먼저 타려고 북새통이었다. 도저히 금방 탈 수는 없을 것 같았다.

"비상 계단으로 내려가자."

마리가 이렇게 말하고 커다란 출입문 쪽으로 뛰어갔다. 문을 열고 두 사람이 계단에 첫발을 딛는 순간 윙 하는 소리와 함께 방화벽이 내려오기 시작했다.

"무, 무슨 일이야?"

영우가 긴장해서 소리쳤다.

"방화벽으로 지하를 차단하는 거야. 로비는 거의 헌터들이 다 뚫고 들어왔다는 얘기지."

"그럼 이제 지하만 남았다는 건가?"

"그래, 주요 시스템들이 모두 지하에 있어. 시뮬라크르를 지키는 핵심 회원들도 모두 지하 시스템으로 내려갔을 거야. 우리도 서둘러야 돼. 우리보다 먼저 지하가 차단되면 우리는 꼼짝없이 중간에서 고립되는 거야."

둘은 빠르게 계단을 뛰어 내려갔다.

마리, 아사비야!

지하 10층, 데이터베이스 관리부에서는 다스 베이더를 비롯한 여러 전문 프로그래머들이 부산하게 시스템을 점검하고 헌터의 침입에 대비하고 있었다. 모니터에는 헌터들이 방화벽을 뚫거나 시스템의 허점을 찾아내어 침투를 시도하고 있는 모습이 보였다. 어떤 시스템도 제로데이의 취약점은 있게 마련이다. 전문 해커들은 그런 것을 찾기 위해 혈안이 되어 있다. 왜냐하면 제로데이는 시스템의 버그이기 때문에 아무런 제약을 받지 않고 침투할 수 있는 이점이 있다.

패스워드와 지문, 홍채 인식 과정을 거쳐 마리와 영우가 들어왔다.

"이대로 가면 데이터베이스 시스템도 뚫리는 것은 시간문제야. 유니온에이 사가 자사의 해킹 능력을 총동원하고 있어. 사이버헌터들도 전 세계에서 끌어모아 사상 최대 규모야. 완전히 시뮬라크르를 네트워크에서 없애려는 수작이야."

다스 베이더가 조금 지친 목소리로 말했다.

"네트워크 접속을 끊어 버리면 모든 게 끝나는 거 아냐?"

영우가 물었다.

"물론 그렇게 하면 침입을 원천적으로 차단할 수는 있지. 하지만 자존심이 그걸 허락하지 않아. 적들과 싸우는 과정에서 우리의 방어 체제도 강화할 수 있고, 정면으로 대응해서 싸워야지 피할 수는 없잖아. 피하면 언제든 또 공격해 올 거니까."

모니터에는 출입문에서 헌터들이 인증 시스템을 해체하기 위해 안간힘을 쓰고 있는 것이 보였다. 어떤 녀석들은 무기를 들고 두꺼운 방화벽을 치고 있었고, 또 어떤 녀석은 패스워드를 깨기 위해서 프로그램을 돌리고 해킹 코드를 심고 있었다.

다른 모니터에서는 시뮬라크르의 방어 요원과 헌터 사이에 일전이 벌어지고 있었다. 양쪽 모두 고도의 격투 기술로 팽팽히 맞섰다.

다스 베이더가 말했다.

"저들은 고도의 해킹 실력과 전투 능력을 가지고 있어. 저 많은 숫자를 감당하기엔 역부족이야. 이피알(EPR)을 작동시켜야겠어."

다스 베이더는 시스템을 감시하고 네트워크를 점검하고 있는 동료에게 손짓을 했다. 동료들이 고개를 끄덕였다.

"이피알이 뭐야?"

영우가 물었다.

"전자 압축방사기(electronic pressure radiation)의 약자야. 전자를 한곳에 집중적으로 압축시켰다가 한꺼번에 방사시키는 장치야. 엄청난 전자 폭풍이 쏟아져서 일거에 적을 괴멸시킬 수 있어. 초음속비행기가 음속을 돌파할 때 압축된 공기를 이용해 고도의 에너지를 얻는데, 그 원리를 이용한 거지."

"와, 대단한데."

영우가 감탄을 했다.

가늘고 긴 전자음이 내부 전체에 퍼져 나갔다.

"이피알을 작동시키면 데이터의 일부가 손상될 수 있어."

다스 베이더가 생각을 집중하며 말했다.

"가만, 지난번 기윤이 자살 체험방에 왔을 때의 영상 데이터와 유니온에이 사의 나노봇에 관한 해킹 자료는……."

마리가 끼어들었다.

"그건 무지 중요한 정보야. 지금으로서는 유니온에이 사의 음모를 세상에 알릴 유일한 증거야."

"그럴 수 있지. 앞으로 유니온에이 사는 방어벽을 훨씬 강화할 거야. 그러면 당분간 침투하기도 쉽지 않을 텐데."

다스 베이더가 의자에 앉아 데이터시스템을 조사하기 시작했다. 기윤의 영상 자료와 유니온에이 사의 해킹 자료를 찾아내려는 것이었다. 잠시 후 다스 베이더가 말했다.

"몰록에게 메일로 보내 놨어. 확인하는 즉시 외장 메모리로 다운받아 둬."

영우가 고개를 끄덕였다.

"아무도 안전하지 않아. 마리는 거의 노출됐을 거야. 지금 몰록에게 보낸 메일도 중간에 감청 당했을 수도 있어. 그래서 확인하는 대로 외장 메모리로 옮겨 놓으라는 거야."

"알았어."

영우가 다시 한 번 고개를 끄덕였다. 마리도 수긍했다.

"자, 이제 모두들 로그아웃해서 시뮬라크르를 빠져나가. 이피알이 작동되면 강력한 전자파 때문에 다칠 수 있어."

다스 베이더가 말했다.

"그럼 다스 베이더는?"

마리가 물었다.

"텔레포트로 빠져나갈 거야. 전자파동보다 느리면 나도 안전할 수 없어."

마리가 걱정스런 얼굴로 다스 베이더를 바라보았다.

"난 괜찮아."

다스 베이더가 담담하게 말했다. 마리가 눈을 떼지 못하고 가만히 서 있었다. 동료들이 로그아웃을 해서 하나둘씩 사라지고 있었다. 영우와 마리만 남았다. 영우가 말했다.

"빨리 나가야 해. 시간이 얼마 없어."

"난 나갈 수 없어."

마리가 말했다.

다스 베이더가 마리를 돌아보았다. 마리가 쉽게 자리를 뜰 것 같지 않았다.

다스 베이더가 천천히 자리에서 일어나더니 가면을 벗었다. 지금까지 다스 데이더가 가면을 벗은 적은 없었다. 다스 베이더의 얼굴을 본 두 사람은 깜짝 놀랐다. 얼굴의 절반이 흉측하게 일그러져 있었다. 화상으로 생긴 상처 같았다. 다스 베이더가 말했다.

"어릴 때 동생과 함께 집에 있다가 불이 났어. 원인은 누전이었는데, 부모님은 모두 일 나가고 동생과 둘밖에 없었지. 그때 동생은 죽었어. 난 이렇게 화상을 입고 겨우 살아났지. 그 뒤 난 거의 집 밖을 나가지 않았어. 네트워크가 자연스럽게 내 인생이 됐지. 그렇다고 나를 불운한 성격 파탄자로 생각하지 마. 난 누굴 원망하거나 죄책감 따위로 해커가 된 건 아니야. 누구보다도 소통을 원했어. 하지만 늘 소통에는 한계가 있지. 네트워크가 인류의 소통 문제를 해결해 줄 거라고 믿어. 에르네스토의 회원이 된 진짜 이유도 거기에 있어. 난 죽지 않아. 네트워크는 나의 고향이야. 난 결코 네트워크를 떠나지 않을 거야. 그러니까 걱정하지 마."

마리의 눈에 눈물이 가득 고였다. 지금까지 다스 베이더에게 많은 도움을 받았지만 정작 그의 내면에 대해서는 무심했다는 생각이 들었다. 그가 그동안 얼마나 힘이 되었는지 마리는 잘 알고 있었다. 그런 그에게 이렇게 아픈 과거가 있으리라고는 생각하지 못했던 것이다. 영우는 다스 베이더의 목소리가 왜 기계적으로 들렸는지 이제야 알았다.

"자, 서둘러, 시스템이 거의 뚫린 것 같아."

다스 베이더가 소리쳤다.

"미안해."

마리가 말했다. 다스 베이더가 고개를 끄덕였다.

"조심해."

마리가 돌아섰다. 그때 다스 베이더가 마리의 팔을 잡았다.

"잠깐, 잊어버릴 뻔했다. 샴발라에 가서 연경을 만나 봐. 결정은 그 다음에 해."

"무슨 결정?"

"가 보면 알아."

"알았어. 고마워."

마리가 다시 돌아섰다. 그리고 영우에게 눈짓을 보내고 곧바로 사라졌다. 영우도 로그아웃을 눌렀다.

잠시 뒤 헌터들이 출입문을 뚫고 들어왔다. 그 순간 다스 베이더는 이피알을 작동시켰다. 엄청난 전자파동이 퍼져 나갔고 몰려 들어오는 헌터들이 순식간에 흔적도 없이 사라졌다. 다스 베이더도 뒤로 튕겨나가 바닥으로 떨어졌다. 다스 베이더는 꼼짝을 하지 않았다.

영우는 시뮬라크르에서 빠져나오자마자 메일 박스를 확인했다. 방금 전에 온 메일이 하나 있었다. 영우는 내용을 확인하지도 않고 바로 유에스비에 첨부 파일을 다운받았다. 2~3분 정도 걸렸다. 다운이 끝나자 곧바로 메일과 첨부 파일을 지웠다. 다른 누군가가 해킹을 할 수도 있기 때문이었다. 영우는 불안한 마음으로 밤새 잠을 설쳤다.

다음 날 토요일 아침, 영우는 마리의 전화를 받았다. 다운받은 파일을 가지고 학교 앞 공원으로 10시까지 나오라는 것이었다.

공원에는 마리가 가방을 둘러맨 채 벤치에 앉아 있었다. 영우가 몰래 다가가 어깨를 쳤다. 마리가 깜짝 놀라며 화난 표정을 지었다.

"놀랐잖아."

"엉? 놀라기도 하네?"

"농담할 때가 아니야. 너 아침에 컴퓨터 켜지 않았지? 당분간 켜지 않는 게 좋을 거야."

"왜?"

"내 컴퓨터가 해킹을 당했어. 아무래도 내가 그들의 제거 대상자에 올라간 것 같아. 해킹 당한 데이터를 찾으려고 혈안이 되어 있겠지. 메일은 잘 받았지?"

"그래. 갑자기 좀 으스스해진다. 누군가가 우릴 감시하고 있는 거 아냐."

"그럴 수도 있어. 바깥이든 네트워크 안이든 안전한 곳은 없어."

"갑자기 세상이 변해 버린 것 같아. 아참, 다스 베이더는 어떻게 됐어? 다치지 않았겠지?"

"괜찮은 것 같아. 아침에 잠깐 네트워크에 들어가서 다스 베이더를 만났어. 그때 내 컴퓨터가 해킹을 당했어. 그것보다 더 놀라운 것은 시뮬라크르가 유니온에이 사의 해커들에 의해 점령됐어."

"뭐? 그건 무슨 소리야, 점령됐다니?"

"이피알을 작동시키고 난 뒤 잠시 어수선한 사이에 유니온에이 사의 크래커들이 대거 시뮬라크르에 난입했어. 강력한 전자 폭풍 때문에 방화벽과 방어 체제의 일부가 기능이 마비된 틈을 이용해 침입한 거야. 거의 모든 시스템 관리자 패스워드가 해킹되고 시스템의 주요 부분들이 장악됐어. 일반 회원이 로그인하면 어카운트가 없다면서 접속을 차단하고 있어."

"엄청난 일이 벌어졌네. 이피알이 내부에 침투한 헌터와 해커들은 제거했지만 잇따라 침입해 올 줄은 생각을 못했구나."

"그렇지. 다행히 다스 베이더는 그들이 접근하기 전에 데이터베이스를 새로운 암호로 잠그고 시뮬라크르를 탈출했대."

"휴, 다행이네."

"다스 베이더는 너에게 보낸 자료를 에스엔에스에 공개하라고 했어."

"그래? 정말이야?"

"위치가 노출되면 유니온에이 사의 해커들이 방해할지 모르기 때문에 최대한 빨리 네트워크에 올려야 한다고 했어."

마리가 자리에서 일어나며 말했다.

"카페로 가자."

둘은 주변을 살피며 공원을 떠났다. 고가 철도를 따라서 언덕진 길을 오르다가 오른쪽 골목길로 들어섰다. 걸어가면서 영우가 물었다.

"참, 샴발라는 들어가 봤어?"

"응."

마리의 대답은 그것뿐이었다. 영우는 다음 말을 기다렸다. 그러나 더는 말이 없었다.

"뭐야. 그게 다야? 연경은 봤어?"

"응."

"소원성취 했네. 그런데 대답이 왜 그래. 진짜 연경이 맞아? 속 시원하게 말해 봐."

영우가 마리를 재촉했다. 그래도 마리는 별말이 없었다. 마리의 걸음은 점점 빨라졌다. 한참을 말없이 걷던 마리가 입을 열었다.

"그곳은 샴발라가 아니라 하데스였어."

"하데스?"

"죽은 자들이 사는 곳."

"뭐라고?"

"가족들의 동의 하에 살아 있을 때 남긴 모든 기록을 토대로 죽은 사람을 새롭게 부활시킨 곳이야. 그 안에서 새로운 가족을 만들 수도 있고 새로운 친구를 사귈 수도 있어. 한마디로 바깥과 똑같은 사회가 그 안에도 있었어. 연경은 초등학교 2학년 학생과 사귀고 있었어. 그 아이는 교통사고로 죽었는데 가족들이 사이버 공간에 그 아이를 살려 놓고 날마다 찾아오는 것 같았어. 그 아이는 그곳에서 바깥처럼 학교도 가고 친구도 사귀고, 살아 있는 엄마 아빠가 날마다 찾아와서 함께 시간을 보내기도 해. 죽은 아이를 그리워하는 부모는 그 안에서 아이의 아바타를 진짜처럼 여기며 함께 생활하는 거지."

"말도 안 돼. 어떻게 그런……."

"우리는 날마다 우리 자신도 모르는 사이에 엄청난 데이터를 인터넷에 쏟아 놓고 있어. 그리고 그것만 전문적으로 수집하는 회사도 있어. 그들은 이 데이터를 다른 기업에 팔기도 하는데, 바로 샴발라가 그것을 사서 진짜와 똑같은 가짜를 네트워크 안에 만든 거야. 죽은 사람을 그리워하는 걸 이용해서 아바타를 만들고 살았던 때와 똑같은 환경을 재현해서 실제 가족들과 만날 수 있게 하는 거지. 유지와 업데이트에 대한 정액 요금을 내거나 아니면 비싼 일시 요금을 내야 들어갈 수 있어."

"죽은 사람을 가지고 장사를 하는 거네. 너한테 메일은 누가 보낸 거야? 그 회사가 돈 벌려고 연경의 친구를 찾아 일부러 메일을 보낸 거지?"

"아니야. 연경이 직접 보냈어. 그만큼 아바타가 거의 진짜처럼 살아 있어. 처음에는 놀랐어. 어떻게 나와 자연스럽게 대화를 할 수 있는지 믿기지가 않았어. 함께 지낸 시간들을 거의 기억하고 있었어. 하지만 진짜일 수는 없잖아. 샴발라를 빠져나오고 나서 한동안 정신을 차릴 수 없었어. 그게 진짜 연경이면 얼마나 좋았을까 하는 생각이 들다가도 그러면 또 얼마나 끔찍한 일인가 하는 생각도 들었어."

"그런데 왜 처음에 평행우주를 들먹이면서 접근했지?"

"모든 아바타들은 샴발라가 평행우주라고 믿고 있어. 아바타들의 기억에 그렇게 심어 놓았나 봐. 평행우주가 실제로 존재하고 그곳에 자기가 살고 있다면 진짜 삶이라고 믿겠지. 그곳을 찾는 사람들도 그렇게 착각하면서 스스로 위로할 거고. 연경은 샴발라에서 자기가 진짜 살아 있다고 믿고 있어."

"어떻게 그럴 수 있지?"

영우는 놀란 얼굴로 말했다.

"모든 생명은 태어나면 언젠가는 죽어. 죽음이란 자연의 일부분이지. 그런데 네트워크는 우리의 죽음을 앗아 갔어. 죽어서도 네트워크에서는 영원히 살 수 있어. 이게 좋은 것일까. 네트워크에서 불사의 꿈을 실현하는 것이 과연 행복한 일일까. 죽은 자에게는 잊혀질 권리가 있어야 하는 거 아닐까."

"연경을 그렇게 보고 싶어 했으면서."

"하지만……."

"전에 네가 말했잖아. 현실과 가상의 차이는 없다고. 우리는 어차피 복제의 복제일 뿐이라고 했지. 연경을 진짜처럼 생각하면 진짜로 볼 수도 있잖아."

"그래, 맞아. 그럴 수도 있어. 하지만 이건 현실과 가상의 문제가 아니야. 사라질 권리, 잊혀질 권리에 대해서 말하는 거야. 우리가 평생 동안 네트워크에 머물며 남긴 흔적을 생각해 봐. 상상도 못할 엄청난 정보가 네트워크에 남게 될 거야. 그게 우리가 죽고 나서도 영원히 떠돌 거란 말이지. 그리고 그것을 샴발라와 같은 사이트가 이용할 거고. 그게 끔찍하다는 거야."

"그건 분명 또 다른 문제가 되겠군."

"나중에는 에스엔에스와 같은 소셜 네트워킹 사이트에서 친구를 맺어도 그게 진짜 살아 있는 사람인지 가상 인물인지, 혹은 죽은 사람의 아바타인지 알 수 없게 될 거야. 죽은 지 한참 지난 사람과 계속 채팅을 할 수도 있겠지."

"으으으 섬뜩한데."

영우가 어깨를 움츠렸다.

"하지만 그건 네가 바라던 세계 아냐?"

"전에 내가 말한 것은 가상이든 현실이든 어떻게 사는지가 중요하다는 거였어. 내가 누구인지를 모르는 것은 가상이든 현실이든 마찬가지라는 거지. 하지만 가상의 인물이 나를 대체한다는 것은 받아들이기 어려워. 내가 가상을 현실의 한 부분으로 유보하는 것은 삶에 대한 의문이 풀리지 않았기 때문이야. 연경이 보고 싶기는 하지만 그것은 어디까지나 존재와 존재의 만남이지, 프로그램이 만든 허구를 통해 세상을 이해할 수 있다고 생각한다면 내가 찾으려는 세계 전체가 가짜가 되고 말 거야."

"……."

마리는 더 이상 말하지 않았다. 묵묵히 빠른 걸음으로 걷기만 했다. 영우도 생각이 혼란스러워 조용히 입을 다물었다.

좁은 골목길 양편에 다닥다닥 붙은 단독 주택들이 나타났다. 마을은 조용했다. 카페는 마을 안쪽으로 들어가는 초입에 있었다. 나무로 만든 의자들이 창가에 놓여 있는 아담한 카페였다. 둘은 커피를 주문하고 어두침침한 안쪽 구석에 앉았다. 마리가 들고 온 가방에서 노트북을 꺼냈다. 무선으로 카페의 와이파이와 네트워크 연결을 시도했다. 네트워크가 연결되었다.

마리는 국내 최대 뉴스 통신사인 케이피통신의 에스엔에스에 접속했다. 최신 뉴스들이 시간 단위로 업데이트 되고 있었다. 마리는 잠시 기사를 보고만 있었다. 무엇인가를 기다리는 듯했다.

"왜? 무슨 기사를 보려고?"

"잠깐 기다려 봐."

몇 분이 흘렀다. 마리는 초조한지 시계를 계속 확인했다. 시간은 열시 반이 지나고 있었다. 영우는 도대체 뭘 기다리고 있는지 점점 궁금해졌지만 묻지 않았다. 마침내 마리가 기다렸다는 듯이 낮게 말했다.

"됐어! 성공했어."

"무슨 말이야?"

마리가 방금 올라온 기사를 손가락으로 가리켰다. 영우가 모니터에 얼굴을 가까이 댔다.

10시 10분에 유니온에이 사의 여러 서버와 네트워크 시스템이 다운되었다. 다운된 서버의 화면에는 시가를 문 체 게바라의 얼굴과 에르네스토란 글자가 선명하게 적혀 있었다. 유니온에이 사는 디도스 공격을 당했다고 공식적으로 밝혔다. 수십만 대의 좀비 컴퓨터들이 동시에 유니온에이 사를 공격한 것으로 보인다. 좀비 컴퓨터들은 불특정 다수의 개인 컴퓨터와 중간 경유지의 서버들이었다. 그들 대부분의 컴퓨터는 모두 무작위로 걸려든 것 같다. 에르네스토는 일부 통신 회사의 서버에 백도어를 설치해 놓고, 이 백도어가 타이머에 의해 특정시간에 자동으로 작동되도록 해 놓았다. 백도어가 작동되는 순간 그 서버에 접속한 수많은 컴퓨터들이 바이러스에 감염되어 좀비 컴퓨터가 되었고, 동시에 유니온에이 사에 접속을 시도했다. 과부하에 걸린 유니온에이 사의 서버와 네트워크 시스템이 다운되었다. 유니온에이 사는 네트워크 장애로 인한 손실이 수백 억 원이 넘을 것으로 내다봤다. 에르네스토의 이번 유니온에이 사 공격은 어제 커뮤니티 시뮬레이션 사이트인 시뮬라크르의 해킹에 대한 보복으로 보인다.

"우, 대단한데."

영우가 숨을 죽이며 말했다.

"우리도 지금부터야."

마리는 기사의 댓글 아이콘을 클릭하고 글을 입력하기 시작했다.

유니온에이 사의 거짓을 폭로한다. 유니온에이 사는 자사의 인터넷 사이트에 가입한 회원들에게 뇌 강화 훈련을 미끼로 좀비 인간을 만들고 있다. 아래 동영상은 강기윤 학생이 시뮬라크르의 자살 체험방에서 말한 것을 녹취한 것이다. 유니온에이 사는 고객의 뇌를 강화하기 위해 헤프랄프로모티브라는 약을 먹게 만들었고, 그 약에는 뇌를 조종할 수 있는 나노봇이 들어 있었다. 그것에 관한 유니온에이 사의 내부 문건을 함께 공개한다.

마리는 영우의 유에스비에서 기윤의 동영상과 나노봇에 관한 유니온에이 사의 내부 문건을 복사해서 댓글에 업로드했다. 업로드하는 데 시간이 꽤 걸렸다. 둘은 초조하게 지켜보았다. 업로드가 끝난 순간 마리는 서둘러 케이피통신을 빠져나왔다. 네트워크도 끊었다. 둘은 서로의 얼굴을 바라보았다. 영우는 가슴이 두근거렸다. 마리는 눈을 내리깔고 연신 커피 잔을 입으로 가져갔다.

십여 분이 흐른 후, 마리는 다시 인터넷에 접속했다. 케이피통신의 에스엔에스에 들어갔다. 마리가 쓴 댓글이 정식 기사로 올라가 있었다. 기대했던 것이었다. 기자가 댓글을 확인하고 기사로 인정한 것이다. 마리가 주먹을 불끈 쥐었다. 조회수가 점점 늘어났다. 유니온에이 사의 해킹 기사는 벌써 10만이 넘었고, 마리가 올린 글도 7천을 조금 넘겼다. 분위기로 봤을 때 조회수가 늘어날 것은 분명했다.

"마지막으로 내가 할 일이 남았어."

마리가 말했다.

"또 무슨 일? 유니온에이 사의 크래커들이 위치 추적을 하고 있을 텐데, 한곳에 오래 있을 수 없잖아."

"그래도 해야 해."

마리는 가방에서 브레인캡처를 꺼내 머리에 썼다. 머리카락을 대충 흩트려서 브레인캡처가 눈에 띄게 드러나지는 않았다. 카페에는 손님이 없었다. 가게 주인도 주방에 들어갔는지 보이지 않았다. 마리는 마우스를 움직여 케이피통신을 빠져나왔다. 그리고 시뮬라크르에 접속했다. 영우가 말했다.

"시뮬라크르는 유니온에이 사의 크래커들이 접수했다고 했잖아."

"그렇다고 시뮬라크르가 사라진 건 아니야."

마리가 아이디와 패스워드를 입력했다. 접속이 됐다. 영우는 화면과 마리의 얼굴을 번갈아 보았다.

"일반 회원의 접속도 차단하고 있다며?"

"누굴 차단하느냐는 그들 마음이겠지. 내가 누군지 안다면 추적하거나 감시하겠지. 잡히기 전에 일을 끝마쳐야 해."

"적지나 마찬가진데 도대체 뭘 하려는 거야?"

영우의 목소리가 커졌다.

마리가 눈살을 찌푸리며 주의를 주었다. 영우는 고개를 들어 주변을 살폈다. 위치 추적을 당하고 있다면 언제 유니온에이 사의 직원들이 나타날지 알 수 없었다.

바벨Ⅲ의 내부가 고요했다. 처음 영우가 로비에 발을 들여놓았을 때 분주하고 활발했던 수많은 사람들은 온데간데없었다. 마리는 재빨리 D승강기 엘리베이터에 올라타고는 447을 눌렀다.

"네 방엔 왜 가려는 거야? 그럼 정체가 훨씬 빨리 드러날 텐데."

"……."

엘리베이터가 멈췄다. 마리는 복도를 뛰었다. 복도에도 아무도 없었다. 마리는 66호 앞에 멈춰 서서 잠시 심호흡을 하고 방문을 열었다. 익숙한 자신의 방 모습에 감회가 몰려오는지 멍한 눈으로 사방을 둘러보았다. 그리고 곧바로 메뉴를 띄워 화면을 조작하기 시작했다.

"자살 체험방으로 전환하려고?"

영우가 물었다.

"그래."

"지금 그걸 왜 띄우려는 거야. 금방 헌터들이 몰려올 텐데."

"자살 체험방을 내 손으로 폐쇄할 거야. 이제 연경을 보낼 때가 된 것 같아. 연경을 위해서라도 잊어야만 해."

"……"

"없애기 전에 마지막으로 자살 체험방을 세상에 공개할 거야. 여기서는 떨어져도 죽지 않는다는 것을 보여 줘야 기윤이 여기서 다치지 않았다는 것을 사람들이 믿을 거 아냐."

"뭐라고?"

갑자기 방 전체가 기다란 터널처럼 바뀌더니 하얗게 변했다. 그리고 곧바로 푸른 하늘이 나타났다. 공간 전체가 서서히 드러났다. 어딘가 건물의 옥상 같은데 끝이 보이지 않을 정도로 넓었다.

"어디야?"

"바벨IID의 옥상이야."

"뭐? 바벨IID 옥상이면 600층이 넘을 텐데."

"625층."

"그럼 거기서 뛰어내리겠다는 거야? 너무 위험해. 아무리 가상 공간이라 해도 너무 높아. 정말 사고라도 나면 어떡해."

"걱정 마. 그것보다 지금부터 네 휴대폰으로 나를 찍어."

"뭐라고?"

그때 저 멀리 옥상으로 통하는 문이 벌컥 열렸다. 소리를 듣고 마리가 고개를 돌렸다. 헌터 두 명이 달려오고 있었다.

"헌터들이야!"

영우가 소리쳤다.

마리가 난간을 향해 뛰기 시작했다. 옥상이 너무 넓어 난간은 보이지 않았다. 순식간에 헌터들이 마리를 뒤따랐다.

"쥐새끼처럼 빠져나가더니 제 발로 걸어 들어왔군."

헌터 하나가 말했다.

마리가 방어 태세를 취했다. 모니터를 보고 있는 영우는 안달이 났다. 아무것도 도와줄 수 없다는 사실에 무력감이 몰려들었다.

"빨리 달아나."

영우가 소리쳤다.

마리가 먼저 주먹을 휘두르며 달려들었지만 혼자 힘으로 두 명을 상대하기는 역부족이었다. 어느 틈엔가 주먹이 마리의 왼쪽 뺨을 두들기더니 옆구리에도 묵직하게 파고들었다.

"윽."

마리 입에서 신음이 흘러나왔다.

영우는 마리와 모니터를 번갈아 보며 속을 태웠다. 마리는 상황을 벗어나려고 안간힘을 쓰고 있었다. 맞고 피하면서 마리는 빠른 동작으로 메뉴를 몇 가지 눌렀다. 순간 주변이 나무로 빽빽이 들어찬 숲으로 바뀌었다. 마리는 그 숲 속으로 달려갔다.

가상에서 공간이란 무한 확장과 변화가 가능했다. 마리가 몸을 날려 나무들 사이로 뛰어들자 순식간에 모습이 사라졌다. 헌터들이 당황했다. 마리를 뒤쫓아 숲 속으로 들어갔지만 허둥댔다. 헌터들의 간격이 벌어졌다. 추적에 집중하는 바람에 자신들도 모르는 사이에 서로 멀어졌던 것이다. 잠시 뒤 헌터 하나가 무엇에 맞아 뒤로 나동그라졌다. 나무 뒤에 숨어 있던 마리가 급소를 친 것이다. 그 사이 마리는 헌터와 반대 방향으로 달렸다. 다른 헌터가 뒤쫓기 전에 마리는 숲을 빠져나왔다. 숲이 사라졌다.

"오케이! 빨리 뛰어!"

영우가 그 장면을 보고 소리쳤다.

"구경만 하지 말고 빨리 휴대폰으로 캡처해."

"그건 왜?"

"캡처한 영상을 케이피통신에 올려서, 우리 기사의 댓글로 붙여."

"그, 그럼 지금 이 상황을 생중계하란 거야?"

"그래."

"말도 안 돼."

"유니온에이 사의 음모에 대한 내부 문건, 기윤의 동영상, 그리고 내 영상이 마무리를 지을 거야."

영우는 할 수 없이 스마트폰을 꺼냈다. 케이피통신에 접속해서 마리가 올린 기사의 댓글을 클릭하고 시뮬라크르를 캡처해서 올렸다. 놀랍게도 마리의 기사는 조회수가 벌써 20만을 넘어서고 있었다. 수많은 댓글도 붙어 있었다. 지금쯤 다른 신문사나 방송사에도 케이피통신의 기사들이 송출되고 있을 터였다.

"20만이 넘었어!"

영우가 소리쳤다.

마리가 뛰어가면서 짧게 웃음을 보였다. 하늘은 온통 파란색으로 덮여 있었다. 헌터들이 다시 나타나 쫓아오고 있었다.

난간이 보이기 시작했다. 마리는 속도를 더 내어 달렸다. 마리의 모습이 케이피통신에도 보였다. 화면이 점점 줌아웃이 되면서 마리는 작아지고 바벨Ⅲ의 거대한 위용이 화면을 채웠다. 마침내 마리가 난간 끝에 다다랐다. 숨을 고르기 위해 잠깐 허리를 숙였다. 그리고 마리는 난간 위에 올라갔다.

"이, 이건 무모한 짓이야. 너무 위험해!"

영우는 난간 위에 선 마리를 보자 불안감을 떨쳐 버릴 수 없었다.

"자유낙하도 종단속도가 있어. 마냥 빨라지지는 않아."

"그건 공기 마찰이 있을 때지. 거긴 가상 공간이야."

"환경은 바깥하고 똑같아."

"너무 높아서 프로그램에 오류가 생길 수 있어. 뇌세포에 영향을 미칠 거야."

"그래도 할 거야."

"그럼 자살 체험방이 안전하다는 것이 거짓말이 되잖아."

"걱정 마. 조금 다친다 해도 나의 진심은 알아주겠지. 그럼 됐어."

마리가 난간 아래를 내려다보았다. 화면이 마리의 시선을 따라 건물 아래로 내려갔다. 바벨IIID의 외벽이 까마득히 아래로 뻗어 있었고 끝은 안개에 싸인 것처럼 흐릿했다. 너무 높아서 끝을 구현하지 못하고 있는 것 같았다. 마리가 고개를 돌려 마치 카메라를 정면으로 응시하듯이 모니터를 똑바로 바라보았다.

"현실은……."

마리가 말했다.

"너무 거짓투성이고 불의로 가득해. 기윤도 말했지, 학교에서는 도덕과 정의를 가르치지만 현실은 그 반대라고. 나도 가상 공간이 완벽하지 않다는 걸 알아. 하지만 현실이 살고 싶지 않은 곳이 될수록 사람들은 가상 공간을 찾게 될 거야. 거기서도 남에게 피해를 주는 범죄가 있지만 부자든 가난한 사람이든 모두에게 똑같이 한 표가 주어지는 공평한 공간이야. 네트워크가 잘못된 현실을 극복할 수 있다면 진정으로 인류를 연결하는 그 무엇이 되겠지. 네트워크의 진실은 소통에 있어."

짧게 호흡을 가다듬고 마리의 말은 이어졌다.

"내가 자살 체험방을 만든 이유는, 자살을 개인적인 문제로 취급하고 가십거리로만 삼으려는 사회의 태도를 비판하기 위해서야. 비록 한 개인이 어쩔 수 없이 선택한 결정이라고 해도 그것은 엄연한 우리 사회의 문제고 세상을 향한 절규야. 그런데도 나약하고 소심한 아이의 현실 도피, 삐뚤어진 문제 해결 방식일 뿐이라고 세상은 왜곡하고 있어."

마리의 말은 케이피통신에서도 그대로 들렸고 화면 바닥에 자막까지 올라왔다.

"하멜른의 피리 부는 사나이가 생각난다."

마리의 말은 끝나지 않았다.

"하멜른이라는 작은 마을에 역병이 돌아서 사람들이 고통에 빠져 있을 때 한 사나이가 나타나 피리를 불었다. 마을의 모든 쥐들이 피리 소리를 따라가서 강물에 빠져 죽었다. 다음 날 피리 소리는 또 울려 퍼졌고, 이번에는 마을 아이들이 모두 사라졌다. 나중에야 마을 사람들은 피리 부는 사나이가 마을의 쥐를 없애 주었으나 마을 대표가 약속한 돈을 지불하지 않았음을 알았다."

마리의 눈이 빛났다.

"항상 어리석은 어른들 때문에 아이들이 희생되지."

마리는 하늘을 올려다보았다. 카메라가 줌인하듯 마리의 모습이 클로즈업되었다. 난간까지 쫓아온 헌터들이 마리가 난간 끝에 위태롭게 서 있는 것을 보고 걸음을 멈췄다.

"저, 저건 뭐야?"

"뭘 하려는 거지?"

두 헌터가 난감한 표정으로 중얼거리고 있는 사이, 마리가 몸을 앞으로 숙이더니 다이빙하듯 몸을 날렸다. 한 마리 새가 날개를 펴고 바람의 흐름에 몸을 맡겨 나는 것처럼 마리는 파란빛으로 가득한 하늘을 날았다. 케이피통신의 화면에도 바벨IIID의 거대한 외벽을 배경으로 하늘을 나는 마리의 모습이 보였다.

시속 200킬로미터가 넘는 속도로 마리는 떨어지고 있었다. 공기가 딱딱한 바위가 되어 마리의 얼굴을 후려쳤다. 눈 속으로 파고드는 바람이 모래알처럼 느껴져 마리는 눈을 감았다. 아무것도 보이지 않지만 피부로 느끼는 속도감은 눈을 뜨고 있을 때보다 더 두려웠다. 몇 번을 겪었지만 또다시 의식이 가물가물해져 가고 있었다. 이쯤에서 영우가 로그아웃을 눌러 줘야 한다는 생각을 하면서 마리는 의식을 잃었다.

연경이 마리를 내려다보고 있었다. 마리가 바닥에서 벌떡 일어났다. 연경이 활짝 웃었다.

"다시 올 줄 알았어."

"여기는?"

마리는 주변을 돌아보았다. 나무와 풀이 아름답게 꾸며진 정원이 보였다. 정원 가운데 구름다리가 연결된 정자가 눈에 들어왔다. 아이들이 꼬불꼬불 흘러가는 작은 도랑에서 물장난을 치고 있었다. 뒤에는 고층 아파트들이 병풍처럼 늘어서 있었다. 어제 와 본 곳이었다. 샴발라. 연경이 사는 곳이었다.

"내가 어떻게 여길 왔지?"

마리는 자신의 눈을 의심했다. 방금 전에 무슨 일이 있었는지 기억나지 않았다. 연경은 여전히 웃고 있었다.

"마리야, 보고 싶었어."

연경은 어제와 똑같은 표정과 억양으로 어제 했던 말을 반복했다. 마리는 얼른 대답을 못했다. 어제 연경에게 작별 인사를 못 한 것이 생각났다. 다시 어제처럼 연경을 대해야 한다는 것이 어색하게 느껴졌다.

"너도 곧 여기가 좋아질 거야. 틀림없어."

어제와 똑같은 말이었다.

마리는 가슴이 아파 왔다. 우리의 뇌는 가상이든 현실이든 구분하지 않는다는 말이 사실로 생각되었다. 감정 또한 의식적인 행위가 아니다. 눈앞에서 연경이 천진하게 웃고 있었다.

"연경아, 미안해."

마리의 뺨에 눈물이 흘러내렸다. 어제 마리는 미안하다는 말을 하지 못했다.

"무슨 소리야? 친구 사이에."

"널 만나면 꼭 하고 싶었어."

"난 여기서 너무 행복해. 너도 이곳에서 행복해질 거야."

아마도 하늘에 있는 연경도 행복할 것이다. 지상의 고통은 지상에서 끝나는 것이다. 서서히 마리의 머릿속에서 기억이 살아났다. 방금 전에 무슨 일이 있었는지 떠올랐다. 그러자 지금 왜 자신이 이곳에 있는지 이해가 갔다. 여기는 시뮬라크르였다.

시뮬라크르가 마리의 심리 상태를 해석하고 마리가 샴발라에서 연경과 함께 있는 장면을 재현한 것이다. 지금 눈앞에 보이는 연경은 샴발라에 있는 가상의 인물이 아니라 마리의 마음속에 있는 연경이었다. 가슴이 터질 듯 미어졌다.

"이제 떠날 때가 됐어. 연경아, 잘 지내."

"또 올 거지? 기다리고 있을게."

"기다리지 마. 이젠 오지 않아."

"왜? 무슨……."

그 순간 마리가 사라졌다. 바깥에서 영우가 로그아웃을 눌렀던 것이다. 영우는 마리가 바벨ⅢD에서 떨어지면서 점점 가속이 붙는 것을 걱정스레 지켜보고 있었다. 그런데 갑자기 옆에 있는 마리의 몸이 자신한테로 기울어졌다. 그 순간 마리가 의식을 잃었다는 생각이 들어 급하게 로그아웃을 눌렀다. 그때 마리는 연경을 만나고 있었다.

브레인캡처를 쓴 마리의 두 뺨에 눈물이 흐르고 있었다. 영우가 마리를 흔들었다. 마리가 눈을 뜨고 희미하게 웃었다. 스마트폰으로 마리의 마지막 모습을 캡처했다. 그리고 케이피통신과의 네트워크를 끊었다.

마리의 영상은 케이피통신에서 조회수 1위를 차지했다. 수많은 댓글이 올라왔다. 어느 순간부터 댓글은 마리를 '하멜른의 피리'라고 불렀다. 그리고 '하멜른의 피리' 옆에는 '아사비야!'라는 말이 함께 붙어 있었다.

나중에 영우는 '아사비야'란 말이 에르네스토의 글에도 나왔다는 사실을 떠올렸고, 인터넷 사전 위키피디아에서 '연대'를 뜻하는 아랍어라는 것을 알았다.

유니온에이 사의 크래커들이 위치 추적을 통해 마리가 있던 카페에 도착했을 때는 이미 마리와 영우는 그곳을 떠나고 없었다.

이틀 뒤 월요일, 학교에서는 마리 얘기로 떠들썩했다. 학생들은 마리가 네트워크에서 무슨 일을 했는지 모두 알고 있었다. 학생들은 칠판에 '마리, 아사비야!'라는 글을 크게 써 놓았다. 그리고 마리가 교실

문을 들어서자 모두 한꺼번에 소리쳤다.

"아사비야!"

종석은 마리의 보디가드를 자청했다. 영우가 아도겐에서 승부를 가리고 나서 마리의 뜻대로 하자고 말했지만 종석은 거절했다. 그냥 진 걸로 하고 마리의 보디가드가 되겠다는 것이었다.

오후 5시, 학교는 교문을 나서는 학생들로 시끌벅적했다. 학생들 사이로 마리가 보였다. 마리의 오른쪽에는 종석이, 왼쪽에는 영우가 함께 걸어가고 있었다.

기윤은 의식을 회복했다. 다행스럽게도 모든 기억이 돌아왔다. 그러나 경찰은 기윤 사건을 재조사하기로 결정했다. 그리고 지체 없이 유니온에이 사에 대한 수색영장이 발부되었다. 유니온에이 사는 특별한 성명 없이 침묵으로 일관했다.

케이피통신을 통해 마리가 바벨Ⅲ에서 뛰어내리는 장면을 본 다스 베이더는 에르네스토 회원과 비밀 통신을 하고 시뮬라크르를 재탈환하기로 했다.

며칠 뒤 에르네스토는 유니온에이 사에 선전포고를 하고 시뮬라크르 탈환에 돌입했다. 그것은 네트워크가 누구의 손에 들어가느냐를 결정하는 사이버 전쟁의 서막이었다.

　몇 년 전, 입시에 한창 스트레스를 받던 딸아이가 불쑥 이런 말을 했습니다. "누가 그러는데 전교 일등 하던 친구가 기말고사 성적표를 엄마에게 주고서 이런 문자를 보냈대. '이제 됐어?' 그리고 그 친구는 몇 시간 뒤에 아파트 옥상에서 뛰어내렸대."

　뒤통수를 호되게 얻어맞은 듯한 충격을 받았습니다. 야간 자율학습에 시달려 초췌해진 딸아이의 얼굴을 보면서 남 일처럼 여겨지지 않았습니다.

　우리나라는 청소년 자살률 세계 1위라는 오명을 안고 있습니다. 그런데도 우리 사회는 별다른 해결책 없이 그저 침묵으로 일관할 뿐입니다. 그리고 오늘도 아이들을 지옥 속으로 내몰고 있습니다. 어떻게 하면 이 문제를 풀 수 있을까요?

　평행우주는 최근 과학에서 심심찮게 나오는 이론입니다. 우리가 일상에서 무엇을 선택할 때마다 선택받지 못한 세계는 사라지는 것이 아니라 또 다른 우주로 분기해서 존재한다는 것이 평행우주 이론입니다. 예를 들어 점심을 라면을 먹을까 빵을 먹을까 고민하다가 라면을 먹는다면, 어딘가 빵을 먹는 우주도 존재한다는 것이죠. 다만 내가 라면을 먹는 우주에 있는 한 빵을 먹는 우주는 결코 만날 수 없습니다. 허무맹랑한 이론 같지만 과학자들은 진지하게 연구하고 있습니다.

　그렇다면 멀리 떠나보낸 친구를 그리워하는 가족과 다른 친구들은 어떨까요. 문득 평행우주가 정말로 존재한다면 저쪽 평행우주에서 그 친구를 만날 수도 있지 않을까 생각하게 되었습니다. 저쪽 우주로 갈 수만 있다면 가슴속에 켜켜이 쌓였던 그리움을 풀 수 있겠구나 하고 말입니다. 그것이 이 글을 쓰게 된 동기였습니다.

　물론 평행우주는 순전히 이론에 불과하고 현실적으로 불가능하지만 이루어질 수 없는 것을 상상하는 것이 작가들의 숙명이겠지요.

문화비평가인 마샬 맥루한은 60년대에 이미 컴퓨터를 인간 중추신경계의 확장이라고 진단했습니다. 그는 지구가 하나의 마을처럼 네트워크로 통합되리라 예상하고 처음으로 '지구촌'이라는 말을 사용했습니다. 그의 예견은 그대로 전 세계에서 실현되고 있습니다.

모든 문명 발전이 그러했던 것처럼 문명의 이기는 양면적인 특성을 가지고 있습니다. 철기시대 철이 보습으로 쓰이기도 하고 사람을 죽이는 무기로 쓰였듯이 말입니다. 컴퓨터와 인터넷도 마찬가지입니다.

인터넷은 전 세계 사람을 하나로 묶어 인류가 지금까지 풀지 못했던 억압과 반목을 해결할 수도 있습니다. 즉각적으로 모든 정보를 공유하고 자유로운 의사소통이 가능하기 때문에 그 어느 시대보다 민주적인 절차로 문제를 해결할 수 있다는 것입니다. 인류의 오랜 소원인 정의와 평화가 이루어지리란 희망을 네트워크를 통해서 품어 봅니다.

그렇지만 그 네트워크가 우리를 옥죌 수도 있습니다. 감시와 통제의 수단으로 쓰일 수 있기 때문입니다. 또한 개인이나 집단 혹은 기업의 이익을 위해 교묘하게 이용될 우려도 무시할 수 없습니다.

하지만 다양한 소셜 네트워크 서비스와 지식 정보 공유 사이트를 통해서 인간을 존중하는 가치를 기반으로 의견을 모으고 불의에 맞선다면, 네트워크는 인류에게 위대한 선물이 될 것입니다. 연대가 필요한 이유도 바로 거기에 있습니다. 아사비야!

2014년 여름
박용기